COLLECTION FOLIO

Antoine de
Saint-Exupéry

Pilote
de guerre

Gallimard

Au Commandant Alias, à tous mes camarades du Groupe Aérien 2/33 de Grande Reconnaissance et, plus particulièrement, au Capitaine observateur Moreau et aux Lieutenants observateurs Azambre et Dutertre, qui ont été tour à tour mes compagnons de bord, au cours de tous mes vols de guerre de la Campagne 1939-1940 — et dont je suis, pour toute ma vie, l'ami fidèle.

I

Sans doute je rêve. Je suis au collège. J'ai quinze ans. Je résous avec patience mon problème de géométrie. Accoudé sur ce bureau noir, je me sers sagement du compas, de la règle, du rapporteur. Je suis studieux et tranquille. Des camarades, auprès de moi, parlent à voix basse. L'un d'eux aligne des chiffres sur un tableau noir. Quelques-uns, moins sérieux, jouent au bridge. De temps à autre je m'enfonce plus loin dans le rêve et jette un coup d'œil par la fenêtre. Une branche d'arbre oscille doucement dans le soleil. Je regarde longtemps. Je suis un élève dissipé... J'éprouve du plaisir à goûter ce soleil, comme à savourer cette odeur enfantine de pupitre, de craie, de tableau noir. Je m'enferme avec tant de joie dans cette enfance bien protégée! Je le sais bien : il y a d'abord l'enfance, le collège, les camarades, puis vient le jour où l'on subit des examens. Où l'on reçoit quelque diplôme. Où l'on franchit, avec un serrement de cœur, un certain porche, au-delà duquel, d'emblée, on est un homme. Alors le pas pèse plus lourd sur la terre. On fait déjà son chemin dans la vie. Les premiers pas de son chemin. On essaiera enfin ses armes sur de véritables adversaires. La règle, l'équerre, le compas, on en usera pour bâtir le monde, ou pour triompher des ennemis. Finis, les jeux!

Je sais que d'ordinaire un collégien ne craint pas d'affronter la vie. Un collégien piétine d'impatience. Les tourments, les dangers, les amertumes d'une vie d'homme n'intimident pas un collégien.

Mais voici que je suis un drôle de collégien. Je suis un collégien qui connaît son bonheur, et qui n'est pas tellement pressé d'affronter la vie...

Dutertre passe. Je l'invite.

— Assieds-toi là, je vais te faire un tour de cartes...

Et je suis heureux de lui trouver son as de pique.

En face de moi, sur un bureau noir comme le mien, Dutertre est assis, les jambes pendantes. Il rit. Je souris avec modestie. Pénicot nous rejoint et pose son bras sur mon épaule :

— Alors, vieux camarade?

Mon Dieu que tout cela est tendre!

Un surveillant (est-ce un surveillant?...) ouvre la porte pour convoquer deux camarades. Ils lâchent leur règle, leur compas, se lèvent et sortent. Nous les suivons des yeux. Le collège est fini pour eux. On les lâche dans la vie. Leur science va servir. Ils vont, comme des hommes, essayer sur leurs adversaires les recettes de leurs calculs. Drôle de collège, d'où l'on s'en va chacun son tour. Et sans grands adieux. Ces deux camarades-là ne nous ont même pas regardés. Cependant les hasards de la vie, peut-être bien, les emporteront plus loin qu'en Chine. Tellement plus loin! Quand la vie, après le collège, disperse les hommes, peuvent-ils jurer de se revoir?

Nous courbons la tête, nous autres qui vivons encore dans la chaude paix de la couveuse...

— Écoute, Dutertre, ce soir...

Mais la même porte une seconde fois s'ouvre. Et j'entends comme un verdict :

— Le capitaine de Saint-Exupéry et le lieutenant Dutertre chez le commandant.

Fini le collège. C'est la vie.

— Tu savais, toi, que c'était notre tour?

— Pénicot a volé ce matin.

Nous partons sans doute en mission, puisque l'on nous convoque. Nous sommes fin mai, en pleine retraite, en plein désastre. On sacrifie les équipages comme on jetterait des verres d'eau dans un incendie de forêt. Comment pèserait-on les risques quand tout s'écroule? Nous sommes encore, pour toute la France, cinquante équipages de Grande Reconnaissance. Cinquante équipages de trois hommes, dont vingt-trois chez nous, au Groupe 2/33. En trois semaines nous avons perdu dix-sept équipages sur vingt-trois. Nous avons fondu comme une cire. J'ai dit hier au lieutenant Gavoille :

— Nous verrons ça après la guerre.

Et le lieutenant Gavoille m'a répondu :

— Vous n'avez tout de même pas la prétention, mon Capitaine, d'être vivant après la guerre?

Gavoille ne plaisantait pas. Nous savons bien que l'on ne peut faire autrement que de nous jeter dans le brasier, si même le geste est inutile. Nous sommes cinquante, pour toute la France. Sur nos épaules repose toute la stratégie de l'armée française! Il est une immense forêt qui brûle, et quelques verre d'eau à sacrifier pour l'éteindre : on les sacrifiera.

C'est correct. Qui songe à se plaindre? A-t-on jamais entendu répondre autre chose, chez nous, que : « Bien, mon Commandant. Oui, mon Commandant. Merci, mon Commandant. Entendu, mon Commandant. » Mais il est une impression qui domine toutes les autres au cours de cette fin de guerre. C'est celle de l'absurde. Tout craque autour de nous. Tout s'éboule. C'est si total que la mort elle-même paraît absurde. Elle manque de sérieux, la mort, dans cette pagaille...

Nous entrons chez le commandant Alias.

(Il commande aujourd'hui encore, à Tunis, le même Groupe 2/33.)

— Bonjour, Saint-Ex. Bonjour, Dutertre. Asseyez-vous.

Nous nous asseyons. Le commandant étale une carte sur la table, et se retourne vers le planton :

— Allez me chercher la météo.

Puis il tapote la table de son crayon. Je l'observe. Il a les traits tirés. Il n'a pas dormi. Il a fait la navette, en voiture, à la recherche d'un état-major fantôme, l'état-major de la division, l'état-major de la subdivision... Il a tenté de lutter contre les magasins d'approvisionnements qui ne livraient pas leurs pièces de rechange. Il s'est fait prendre sur la route dans des embouteillages inextricables. Il a aussi présidé au dernier déménagement, au dernier emménagement, car nous changeons de terrain comme de pauvres hères poursuivis par un huissier inexorable. Alias a réussi à sauver, chaque fois, les avions, les camions et dix tonnes de matériel. Mais nous le devinons à bout de forces, à bout de nerfs.

— Eh bien, voilà...

Il tapote toujours la table et ne nous regarde pas.

— C'est bien embêtant...

Puis il hausse les épaules.

— C'est une mission embêtante. Mais ils y tiennent à l'état-major. Ils y tiennent beaucoup... J'ai discuté, mais ils y tiennent... C'est comme ça.

Dutertre et moi nous regardons, à travers la fenêtre, un ciel calme. J'entends caqueter les poules, car le bureau du commandant est installé dans une ferme, comme la salle des renseignements l'est dans une école. Je n'opposerai pas l'été, les fruits qui mûrissent, les poussins qui prennent du poids, les blés qui lèvent, à la mort si proche. Je ne vois pas en quoi le calme de l'été contredirait la mort, ni en quoi la douceur des choses serait ironie. Mais une idée vague me vient : « C'est un été qui se détraque. Un été en panne... » J'ai vu des batteuses abandonnées. Des faucheuses-lieuses abandonnées. Dans les fossés des routes, des voitures en panne abandonnées. Des villages abandonnés. Telle fontaine d'un village vide laissait couler son eau. L'eau pure se changeait en mare, elle qui avait coûté tant de soins aux hommes. Tout à coup une absurde image me vient. Celle des horloges en panne. De toutes les horloges en panne. Horloges des églises de village. Horloges des gares. Pendules de cheminée des maisons vides. Et, dans cette devanture d'horloger enfui, cet ossuaire de pendules mortes. La guerre... on ne remonte plus les pendules. On ne ramasse plus les betteraves. On ne répare plus les wagons. Et l'eau, qui était captée pour la soif ou pour le blanchissage des belles dentelles du dimanche des villageoises, se répand en mare devant l'église. Et l'on meurt en été...

C'est comme si j'avais une maladie. Ce

médecin vient de me dire : « C'est bien embêtant... » Il faudrait donc penser au notaire, à ceux qui restent. En fait, nous avons compris, Dutertre et moi, qu'il s'agit d'une mission sacrifiée :

— Étant donné les circonstances présentes, achève le commandant, on ne peut pas trop tenir compte du risque...

Bien sûr. On ne « peut pas trop ». Et personne n'a tort. Ni nous, de nous sentir mélancoliques. Ni le commandant, d'être mal à l'aise. Ni l'état-major, de donner des ordres. Le commandant rechigne parce que ces ordres sont absurdes. Nous le savons aussi, mais l'état-major le connaît lui-même. Il donne des ordres parce qu'il faut donner des ordres. Au cours d'une guerre, un état-major donne des ordres. Il les confie à de beaux cavaliers, ou, plus modernes, à des motocyclistes. Là où régnaient la pagaille et le désespoir, chacun de ces beaux cavaliers saute à bas d'un cheval fumant. Il montre l'Avenir, comme l'étoile des Mages. Il apporte la Vérité. Et les ordres reconstruisent le monde.

Ça, c'est le schéma de la guerre. L'imagerie en couleur de la guerre. Et chacun s'évertue, de son mieux, à faire que la guerre ressemble à la guerre. Pieusement. Chacun s'efforce de bien jouer les règles. Il se pourra, peut-être, alors, que cette guerre veuille bien ressembler à une guerre.

Et c'est afin qu'elle ressemble à une guerre

que l'on sacrifie, sans buts précis, les équipages. Nul ne s'avoue que cette guerre ne ressemble à rien, que rien n'y a de sens, qu'aucun schéma ne s'adapte, que l'on tire gravement des fils qui ne communiquent plus avec les marionnettes. Les états-majors expédient avec conviction ces ordres qui ne parviendront nulle part. On exige de nous des renseignements qui sont impossibles à récolter. L'aviation ne peut pas assumer la charge d'expliquer la guerre aux états-majors. L'aviation, par ses observations, peut contrôler des hypothèses. Mais il n'est plus d'hypothèses. Et l'on sollicite, en fait, d'une cinquantaine d'équipages, qu'ils modèlent un visage à une guerre qui n'en a point. On s'adresse à nous comme à une tribu de cartomanciennes. Je regarde Dutertre, mon observateur-cartomancienne. Il objectait, hier, à un colonel de la division : « Et comment ferai-je, à dix mètres du sol, et à cinq cent trente kilomètres-heure, pour vous repérer les positions? — Voyons, vous verrez bien où l'on vous tirera dessus! Si l'on vous tire dessus, les positions sont allemandes. »

— J'ai bien rigolé, concluait Dutertre, après la discussion.

Car les soldats français n'ont jamais vu d'avions français. Il en est mille, disséminés de Dunkerque à l'Alsace. Mieux vaudrait dire qu'ils sont dilués dans l'infini. Aussi, quand, sur le front, un appareil passe en rafale, à coup sûr il est allemand. Autant s'efforcer de le descendre avant qu'il ait lâché ses bombes. Son seul grondement déclenche déjà les mitrailleuses et les canons à tir rapide.

— Avec une telle méthode, ajoutait Dutertre, ils seront précieux leurs renseignements!...

Et l'on en tiendra compte parce que, dans un schéma de guerre, on doit tenir compte des renseignements!...

Oui, mais la guerre aussi est détraquée.

Heureusement — nous le savons bien — on ne tiendra aucun compte de nos renseignements. Nous ne pourrons pas les transmettre. Les routes seront embouteillées. Les téléphones seront en panne. L'état-major aura déménagé d'urgence. Les renseignements importants sur la position de l'ennemi, c'est l'ennemi lui-même qui les fournira. Nous discutions, il y a quelques jours, près de Laon, sur la position éventuelle des lignes. Nous envoyons un lieutenant en liaison chez le général. A mi-chemin entre notre base et le général, la voiture du lieutenant se heurte en travers de la route à un rouleau compresseur, derrière lequel s'abritent deux voitures blindées. Le lieutenant fait demi-tour. Mais une rafale de mitrailleuse le tue net et blesse le chauffeur. Les blindées sont allemandes.

Au fond, l'état-major ressemble à un joueur de bridge que l'on interrogerait d'une pièce voisine :

— Que dois-je faire de ma dame de pique?

L'isolé hausserait les épaules. N'ayant rien vu du jeu, que répondrait-il?

Mais un état-major n'a pas le droit de hausser les épaules. S'il contrôle encore quelques éléments, il doit les faire agir pour les garder en main, et pour tenter toutes les chances, tant que dure la guerre. Bien qu'en aveugle, il doit agir, et faire agir.

Mais il est difficile d'attribuer un rôle, au hasard, à une dame de pique. Nous avons déjà constaté, avec surprise d'abord, puis comme une évidence que nous aurions pu prévoir, ensuite, que, lorsque l'éboulement commence, le travail manque. On croit le vaincu submergé par un torrent de problèmes, usant jusqu'à la corde, pour les résoudre, son infanterie, son artillerie, ses tanks, ses avions... Mais la défaite escamote d'abord les problèmes. On ne connaît plus rien du jeu. On ne sait à quoi employer les avions, les tanks, la dame de pique...

On la jette au hasard sur la table, après s'être creusé la tête pour lui découvrir un rôle efficace. Le malaise règne, et non la fièvre. La victoire seule s'enveloppe de fièvre. La victoire organise, la victoire bâtit. Et chacun s'essouffle à porter ses pierres.

Mais la défaite fait tremper les hommes

dans une atmosphère d'incohérence, d'ennui, et, par-dessus tout, de futilité.

Car d'abord elles sont futiles, les missions exigées de nous. Chaque jour plus futiles. Plus sanglantes et plus futiles. Ceux qui donnent des ordres n'ont d'autres ressources, pour s'opposer à un glissement de montagne, que de jeter leurs derniers atouts sur la table.

Dutertre et moi nous sommes des atouts et nous écoutons le commandant. Il nous développe le programme de l'après-midi. Il nous envoie survoler, à sept cents mètres d'altitude, les parcs à tanks de la région d'Arras, au retour d'un long parcours à dix mille mètres, de la voix qu'il prendrait pour nous dire :

— Vous me suivrez alors la seconde rue à droite jusqu'au coin de la première place; il y a là un bureau de tabac où vous m'achèterez des allumettes...

— Bien, mon Commandant.

Ni plus ni moins utile, la mission. Ni plus ni moins lyrique, le langage qui la signifie.

Je me dis : « Mission sacrifiée. » Je pense... je pense beaucoup de choses. J'attendrai la nuit, si je suis vivant, pour réfléchir. Mais vivant... Quand une mission est facile, il en rentre une sur trois. Quand elle est un peu « embêtante », il est plus difficile, évidemment, de revenir. Et ici, dans le bureau du commandant, la mort ne me paraît ni auguste, ni majestueuse, ni héroïque, ni déchirante. Elle n'est qu'un signe de désordre. Un effet du désordre. Le Groupe va nous perdre, comme on perd des bagages dans le tohu-bohu des correspondances de chemins de fer.

Et ce n'est pas que je ne pense sur la guerre, sur la mort, sur le sacrifice, sur la France, tout autre chose, mais je manque de concept directeur, de langage clair. Je pense par contradictions. Ma vérité est en morceaux, et je ne puis que les considérer l'un après l'autre. Si je suis vivant, j'attendrai la nuit pour réfléchir. La nuit bien-aimée. La nuit, la raison dort, et simplement les choses sont. Celles qui importent véritablement reprennent leur forme, survivent aux destructions des analyses du jour. L'homme renoue ses morceaux et redevient arbre calme.

Le jour est aux scènes de ménage, mais, la nuit, celui-là qui s'est disputé retrouve l'Amour. Car l'amour est plus grand que ce vent de paroles. Et l'homme s'accoude à sa fenêtre, sous les étoiles, de nouveau responsable des enfants qui dorment, du pain à venir, du sommeil de l'épouse qui repose là, tellement fragile et délicate et passagère. L'amour, on ne le discute pas. Il est. Que vienne la nuit, pour que se montre à moi quelque évidence qui mérite l'amour! Pour que je pense civilisation, sort de l'homme, goût de l'amitié dans mon pays. Pour que je souhaite servir quelque vérité impérieuse, bien que, peut-être, inexprimable encore...

Pour le moment, je suis tout semblable au chrétien que la grâce a abandonné. Je jouerai mon rôle, avec Dutertre, honnêtement, cela est certain, mais comme l'on sauve des rites lorsqu'ils n'ont plus de contenu. Quand le dieu s'en est retiré. J'attendrai la nuit, si je puis vivre encore, pour m'en aller un peu à pied sur la grand-route qui traverse notre village, enveloppé dans ma solitude bien-aimée, afin d'y reconnaître pourquoi je dois mourir.

II

Je me réveille de mon rêve. Le commandant me surprend par une proposition étrange :

— Si ça vous ennuie trop, cette mission... si vous ne vous sentez pas en forme, je peux...

— Voyons, mon Commandant!

Le commandant sait bien qu'une telle proposition est absurde. Mais, quand un équipage ne rentre pas, on se souvient de la gravité des visages, à l'heure du départ. On interprète cette gravité comme le signe d'un pressentiment. On s'accuse de l'avoir négligée.

Le scrupule du commandant me fait souvenir d'Israël. Je fumais, avant-hier, à la fenêtre de la salle des renseignements. Israël, quand je l'aperçus de ma fenêtre, marchait rapidement. Il avait le nez rouge. Un grand nez bien juif et bien rouge. J'ai été brusquement frappé par le nez rouge d'Israël.

Cet Israël, dont je considérais le nez,

Thierre

j'avais pour lui une amitié profonde. C'était l'un des plus courageux camarades pilotes du Groupe. L'un des plus courageux et l'un des plus modestes. On lui avait tellement parlé de la prudence juive que, son courage, il devait le prendre pour de la prudence. Il est prudent d'être vainqueur.

Donc, je remarquai son grand nez rouge, lequel ne brilla qu'un instant, vu la rapidité des pas qui emportaient Israël et son nez. Sans vouloir plaisanter, je me retournai vers Gavoille :

— Pourquoi fait-il un nez comme ça?

— Sa mère le lui a fait, répondit Gavoille.

Mais il ajouta :

— Drôle de mission à basse altitude. Il part.

— Ah!

Et, bien sûr, je me suis rappelé, le soir, lorsque nous eûmes cessé d'attendre le retour d'Israël, ce nez qui, planté dans un visage totalement impassible, exprimait avec une sorte de génie, à lui seul, la plus lourde des préoccupations. Si j'avais eu à commander le départ d'Israël, l'image de ce nez m'eût hanté longtemps comme un reproche. Israël, certes, n'avait rien répondu à l'ordre de départ, sinon : « Oui, mon Commandant. Bien, mon Commandant. Entendu, mon Commandant. » Israël, certes, n'avait pas tressailli d'un seul des muscles de son visage. Mais, doucement, insidieusement, traîtreusement, le nez s'était allumé. Israël contrôlait les traits de son visage, mais non la couleur de son nez. Et le nez en avait abusé pour se manifester, à son compte, dans le silence. Le nez, à l'insu d'Israël, avait exprimé au commandant sa forte désapprobation.

C'est peut-être pourquoi le commandant n'aime point faire partir ceux qu'il imagine accablés de pressentiments. Les pressentiments trompent presque toujours, mais font rendre aux ordres de guerre un son de condamnation. Alias est un chef, non un juge.

Ainsi, l'autre jour, à propos de l'adjudant T.

Autant Israël était courageux, autant T. était accessible à la peur. C'est le seul homme que j'aie connu qui éprouvât réellement la peur. Quand on donnait à T. un ordre de guerre, on déclenchait en lui une bizarre ascension de vertige. C'était quelque chose de simple, d'inexorable et de lent. T. se raidissait lentement des pieds vers la tête. Son visage était comme lavé de toute expression. Et les yeux commençaient de luire.

Contrairement à Israël, dont le nez m'avait paru tellement penaud, penaud de la mort probable d'Israël, en même temps que tout irrité, T. ne formait point de mouvements intérieurs. Il ne réagissait pas : il muait. Quand on avait achevé de parler à T., on découvrait que l'on avait simplement en lui allumé l'angoisse. L'angoisse commençait de répandre sur son visage une sorte de clarté égale. T., dès lors, était comme hors d'atteinte. On sentait s'élargir, entre l'univers et lui, un désert d'indifférence. Jamais ailleurs, chez nul au monde, je n'ai connu cette forme d'extase.

— Je n'aurais jamais dû le laisser partir ce jour-là, disait plus tard le commandant. Ce jour-là, quand le commandant avait annoncé son départ à T., celui-ci, non seulement avait pâli, mais il avait commencé de sourire. Simplement de sourire. Ainsi font peut-être les suppliciés quand le bourreau, vraiment, dépasse les bornes.

— Vous n'êtes pas bien. Je vous remplace...

— Non, mon Commandant. Puisque c'est mon tour, c'est mon tour.

Et T., au garde-à-vous devant le commandant, le regardait tout droit, sans un mouvement.

— Mais si vous ne vous sentez pas sûr de vous...

— C'est mon tour, mon Commandant, c'est mon tour.

— Voyons T...

— Mon Commandant...

L'homme était semblable à un bloc.

Et Alias :

— Alors je l'ai laissé partir.

Ce qui suivit ne reçut jamais d'explication. T., mitrailleur à bord de l'appareil, subit une tentative d'attaque de la part d'un chasseur ennemi. Mais le chasseur, ses mitrailleuses s'étant enrayées, fit demi-tour. Le pilote et T. se parlèrent entre eux jusqu'aux environs du terrain de base, sans que le pilote remarquât rien d'anormal. Mais à cinq minutes de l'arrivée, il n'obtint plus de réponse.

Et l'on retrouva T., dans la soirée, le crâne brisé par l'empennage de l'avion. Il avait sauté en parachute dans des conditions désastreuses, en pleine vitesse, et cela en territoire ami, alors qu'aucun danger ne le menaçait plus. Le passage du chasseur avait joué comme un appel irrésistible.

— Allez vous habiller, nous dit le commandant, et soyez en l'air à cinq heures trente.

— Au revoir, mon Commandant.

Le commandant répond par un geste vague. Superstition? Comme ma cigarette est éteinte, et qu'en vain je fouille mes poches :

— Pourquoi n'avez-vous jamais d'allumettes?

Ça, c'est exact. Et je franchis la porte sur cet adieu, en me demandant : « Pourquoi n'ai-je jamais d'allumettes? »

— La mission l'ennuie, remarque Dutertre.

Moi je pense : il s'en fout! Mais ce n'est pas à Alias que je songe en formant cette injuste boutade. Je suis choqué par une évidence que nul n'avoue : la vie de l'Esprit est intermittente. La vie de l'Intelligence, elle seule, est permanente, ou à peu près. Il y a peu de variations dans mes facultés d'analyse. Mais l'Esprit ne considère point les objets, il considère le sens qui les noue entre eux. Le visage qui est lu au travers. Et l'Esprit passe de la pleine vision à la cécité absolue. Celui qui aime son domaine, vient l'heure où il n'y découvre plus qu'assemblage d'objets disparates. Celui qui aime sa femme, vient l'heure où il ne voit dans l'amour que soucis, contrariétés et contraintes. Celui qui goûtait telle musique, vient l'heure où il n'en reçoit rien. Vient l'heure, comme maintenant, où je ne comprends plus mon pays. Un pays n'est pas la somme de contrées, de coutumes, de matériaux, que mon intelligence peut toujours saisir. C'est un Être. Et vient l'heure où je me découvre aveugle aux Êtres.

Le commandant Alias a passé la nuit chez le général à discuter logique pure. Ça ruine la vie de l'Esprit, la logique pure. Puis il s'est épuisé, sur la route, contre d'interminables embouteillages. Puis il a trouvé, en rentrant au Groupe, cent difficultés matérielles, de celles qui vous rongent peu à peu comme les mille effets d'un glissement de montagne que l'on ne saurait contenir. Il nous a enfin convoqués pour nous lancer dans une mission impossible. Nous sommes des objets de l'incohérence générale. Nous ne sommes pas, pour lui, Saint-Exupéry ou Dutertre, doués d'un mode particulier de voir les choses ou de ne pas les voir, de penser, de marcher, de boire, de sourire. Nous sommes des morceaux d'une grande construction dont il faut plus de temps, plus de silence et plus de recul pour découvrir l'assemblage. Si j'étais affligé d'un tic, Alias ne remarquerait plus que le tic. Il n'expédierait plus, sur Arras, que l'image d'un tic. Dans le cafouillis des problèmes posés, dans l'éboulement, nous sommes nous-mêmes divisés en morceaux. Cette voix. Ce nez. Ce tic. Et les morceaux n'émeuvent pas.

Il ne s'agit point ici du commandant Alias mais de tous les hommes. Au cours des corvées de l'enterrement, nous y aimions le mort, nous ne sommes pas en contact avec la mort. La mort est une grande chose. Elle est un nouveau réseau de relations avec les idées, les objets, les habitudes du mort. Elle est un nouvel arrangement du monde. Rien n'a changé en apparence, mais tout a changé. Les pages du livre sont les mêmes, mais non le sens du livre. Il nous faut, pour ressentir la mort, imaginer les heures où nous avons besoin du mort. Alors il manque. Imaginer les heures où il eût eu besoin de vous. Mais il n'a plus besoin de nous. Imaginer l'heure de la visite amicale. Et la découvrir creuse. Il nous faut voir la vie en perspective. Mais il n'est point de perspective ni d'espace, le jour où l'on enterre. Le mort est encore en morceaux. Le jour où l'on enterre, nous nous dispersons en piétinements, en mains d'amis vrais ou faux à serrer, en préoccupations matérielles. Le mort mourra demain seulement, dans le silence. Il se montrera à nous dans sa plénitude, pour s'arracher, dans sa plénitude, à notre substance. Alors nous crierons à cause de celui-là qui s'en va, et que nous ne pouvons retenir.

Je n'aime pas les images d'Épinal de la guerre. Le rude guerrier y écrase une larme, et dissimule son émotion sous des boutades bourrues. C'est faux. Le rude guerrier ne dissimule rien. S'il lâche une boutade, c'est qu'il pense une boutade.

La qualité de l'homme n'est point en cause. Le commandant Alias est parfaitement sensible. Si nous ne rentrons pas il en souffrira plus, peut-être, qu'un autre. A condition qu'il s'agisse de nous et non d'une somme de détails divers. A condition que cette reconstruction lui soit permise par le silence. Car si, cette nuit, l'huissier qui nous poursuit contraint encore le Groupe à déménager, une roue de camion en panne, dans l'avalanche des problèmes, fera reporter à plus tard notre mort. Et Alias oubliera d'en souffrir.

Ainsi, moi qui pars en mission, je ne pense pas lutte de l'Occident contre le nazisme. Je pense détails immédiats. Je songe à l'absurde d'un survol d'Arras à sept cents mètres. A la vanité des renseignements souhaités de nous. A la lenteur de l'habillage qui m'apparaît comme une toilette pour le bourreau. Et puis à mes gants. Où diable trouverai-je des gants? J'ai perdu mes gants.

Je ne vois plus la cathédrale que j'habite.

Je m'habille pour le service d'un dieu mort.

III

— Dépêche-toi... Où sont mes gants?... Non... Ce ne sont pas ceux-là... cherche-les dans mon sac...

— Les trouve pas, mon Capitaine.

— Tu es un imbécile.

Ils sont tous des imbéciles. Celui qui ne sait pas trouver mes gants. Et l'autre, de l'état-major, avec son idée fixe de mission à basse altitude.

— Je t'ai demandé un crayon. Voilà dix minutes que je t'ai demandé un crayon... Tu n'as pas de crayon?

— Si, mon Capitaine.

En voilà un qui est intelligent.

— Pends-moi ce crayon à une ficelle. Et accroche-moi cette ficelle à cette boutonnière-ci... Dites donc, le mitrailleur, vous n'avez pas l'air de vous presser...

— C'est que je suis prêt, mon Capitaine.

— Ah! Bon.

Et l'observateur, je bifurque vers lui :

— Ça va, Dutertre? Manque rien? Vous avez calculé les caps?

— J'ai les caps, mon Capitaine...

Bon. Il a les caps. Une mission sacrifiée... Je vous demande un peu s'il est sensé de sacrifier un équipage pour des renseignements dont personne n'a besoin et qui, si l'un de nous est encore en vie pour les rapporter, ne seront jamais transmis à personne...

— Ils devraient engager des spirites, à l'état-major...

— Pourquoi?

— Pour que nous puissions les leur communiquer ce soir, sur table tournante, leurs renseignements.

Je ne suis pas très fier de ma boutade, mais je ronchonne encore :

— Les états-majors, les états-majors, qu'ils aillent les faire, les missions sacrifiées, les états-majors!

Car il est long le cérémonial de l'habillage, quand la mission apparaît comme désespérée, et que l'on se harnache avec tant de soin pour griller vif. Il est laborieux de revêtir cette triple épaisseur de vêtements superposés, de s'affubler du magasin d'accessoires que l'on porte comme un brocanteur, d'organiser le circuit d'oxygène, le circuit de chauffage, le circuit de communications téléphoniques entre membres de l'équipage. La respiration, je la prends dans ce masque. Un tube en caoutchouc me relie à l'avion, tout aussi essentiel que le cordon ombilical. L'avion entre en circuit dans la température de mon sang. L'avion entre en circuit dans mes communications humaines. On m'a ajouté des organes qui s'interposent, en quelque sorte, entre moi et mon cœur. De minute en minute je deviens plus lourd, plus encombrant, plus difficile à manier. Je vire d'un bloc et, si je penche pour serrer des courroies ou tirer sur des fermetures qui résistent, toutes mes jointures crient. Mes vieilles fractures me font mal.

— Passe-moi un autre casque. Je t'ai déjà dit vingt-cinq fois que je ne voulais plus du mien. Il est trop juste.

Car, Dieu sait par quel mystère, le crâne enfle à haute altitude. Et un casque normal au sol presse les os, comme un étau, à dix mille mètres.

— Mais votre casque, c'est un autre, mon Capitaine. Je l'ai changé...

— Ah! Bon.

Car je ronchonne absolument, mais sans aucun remords. J'ai bien raison! Tout cela d'ailleurs n'a point d'importance. On traverse, à cet instant-là, le centre même de ce désert intérieur dont je parlais. Il n'est, ici, que des débris. Je n'éprouve même pas de honte à souhaiter le miracle qui changera le cours de cet après-midi. La panne de laryngophone par exemple. C'est toujours en panne, les laryngophones! De la pacotille! Ça sauverait notre mission d'être sacrifiée, une panne de laryngophone...

Le capitaine Vezin m'aborde d'un air sombre. Le capitaine Vezin aborde chacun de nous, avant le départ en mission, d'un air sombre. Le capitaine Vezin est chargé, chez nous, des relations avec les organismes de guet des avions ennemis. Il a pour rôle de nous renseigner sur leurs mouvements. Vezin est un ami que j'aime tendrement, mais un prophète de malheur. Je regrette de l'apercevoir.

— Mon vieux, me dit Vezin, c'est embêtant, c'est embêtant, c'est embêtant!

Et il tire des papiers de sa poche. Puis me regardant, soupçonneux :

— Par où sors-tu?

— Par Albert.

— C'est bien ça. C'est bien ça. Ah! c'est embêtant.

— Ne fais pas l'idiot; qu'y a-t-il?

— Tu ne peux pas partir!

Je ne peux pas partir!... Il est bien bon, Vezin! Qu'il obtienne de Dieu le Père une panne de laryngophone!

— Tu ne peux pas passer.

— Pourquoi ne puis-je pas passer?

— Parce qu'il y a trois missions de chasse allemande qui se relaient en permanence au-dessus d'Albert. L'une à six mille mètres, l'autre à sept mille cinq, l'autre à dix mille. Aucune ne quitte le ciel avant l'arrivée des remplaçants. Ils font de l'interdiction *a priori.* Tu vas te jeter dans un filet. Et puis, tiens, regarde!...

Et il me montre un papier, sur lequel il a griffonné des démonstrations incompréhensibles.

Il ferait mieux, Vezin, de me foutre la paix. Les mots « interdiction *a priori* » m'ont impressionné. Je songe aux lumières rouges et aux contraventions. Mais la contravention, ici, c'est la mort. Je déteste surtout « *a priori* ». J'ai l'impression d'être personnellement visé.

Je fais un grand effort d'intelligence. C'est toujours *a priori* que l'ennemi défend ses positions. Ces mots-là, c'est des balivernes... Et puis je me fous de la chasse. Quand je descendrai à sept cents mètres, c'est la D.C.A. qui m'abattra. Elle ne peut pas me manquer! Me voilà brusquement agressif :

— En somme, tu viens m'apprendre, de toute urgence, que l'existence d'une aviation allemande rend mon départ très imprudent! Cours avertir le général...

Cela n'eût pas coûté cher à Vezin de me rassurer gentiment, en baptisant ses fameux avions : « Des chasseurs qui traînent du côté d'Albert... »

Le sens était exactement le même!

IV

Tout est prêt. Nous sommes à bord. Reste à essayer les laryngophones...

— M'entendez bien, Dutertre?

— Vous entends bien, mon Capitaine.

— Et vous, le mitrailleur, m'entendez bien?

— Je... oui... très bien.

— Dutertre, vous l'entendez, le mitrailleur?

— Je l'entends bien, mon Capitaine.

— Le mitrailleur, vous entendez le lieutenant Dutertre?

— Je... oui... très bien.

— Pourquoi dites-vous toujours : « Je... oui... très bien? »

— Je cherche mon crayon, mon Capitaine.

Les laryngophones ne sont pas en panne.

— Le mitrailleur, normale la pression d'air dans les bouteilles?

— Je... oui... normale.

— Les trois bouteilles?
— Les trois bouteilles.
— Paré, Dutertre?
— Paré.
— Paré, le mitrailleur?
— Paré.
— Alors on y va.
Et je décolle.

V

L'angoisse est due à la perte d'une identité véritable. Si j'attends un message dont dépend mon bonheur ou mon désespoir, je suis comme rejeté dans le néant. Tant que l'incertitude me tient en suspens, mes sentiments et mes attitudes ne sont plus qu'un déguisement provisoire. Le temps cesse de fonder, seconde par seconde, comme il bâtit l'arbre, le personnage véritable qui m'habitera dans une heure. Ce moi inconnu marche à ma rencontre, de l'extérieur, comme un fantôme. Alors j'éprouve une sensation d'angoisse. La mauvaise nouvelle provoque, non l'angoisse, mais la souffrance : c'est tout autre chose.

Or, voici que le temps a cessé de couler à vide. Je suis installé enfin dans ma fonction. Je ne me projette plus dans un avenir sans visage. Je ne suis plus celui qui amorcera peut-être une vrille dans le tourbillon de l'incendie. L'avenir ne me hante plus à la façon d'une apparition étrangère. Mes actes, désormais, l'un après l'autre, le composent. Je suis celui qui contrôle le compas pour y maintenir 313°. Qui règle le pas des hélices et le réchauffage de l'huile. Ce sont des soucis immédiats et sains. Ce sont les soucis de la maison, les petits devoirs de la journée qui enlèvent le goût de vieillir. La journée devient maison bien lustrée, planche bien polie, oxygène bien débité. Je contrôle en effet le débit d'oxygène, car nous montons vite : six mille sept cents mètres.

— Ça va, l'oxygène, Dutertre? Vous vous sentez bien?

— Ça va, mon Capitaine.

— Hep! le mitrailleur, l'oxygène, ça va?

— Je... oui... ça va, mon Capitaine...

— Vous n'avez pas trouvé votre crayon?

Je deviens aussi celui qui appuie le bouton S et le bouton A en vue du contrôle de mes mitrailleuses. A propos...

— Hep! le mitrailleur, vous n'avez pas une trop grande ville, vers l'arrière, dans votre champ de tir?

— Heu... non, mon Capitaine.

— Allez-y. Essayez vos mitrailleuses.

J'entends ses rafales.

— Ça a bien marché?

— Ça a bien marché.

— Toutes les mitrailleuses?

— Heu... Oui... toutes.

Je tire à mon tour. Je me demande où vont ces balles que l'on déverse sans scrupule au large des campagnes amies. Elles ne tuent jamais personne. La terre est grande.

Chaque minute ainsi m'alimente de son contenu. Je suis quelque chose d'aussi peu angoissé qu'un fruit qui mûrit. Certes, les conditions du vol changeront autour de moi. Les conditions et les problèmes. Mais je suis inséré dans la fabrication de cet avenir. Le temps me pétrit peu à peu. L'enfant ne s'épouvante point de former patiemment un vieillard. Il est enfant, et il joue à ses jeux d'enfant. Je joue, moi aussi. Je compte les cadrans, les manettes, les boutons, les leviers de mon royaume. Je compte cent trois objets à vérifier, tirer, tourner ou pousser. (J'ai à peine triché en comptant pour deux la commande de mes mitrailleuses : elle porte une goupille de sécurité.) J'épaterai ce soir le fermier qui me loge. Je lui dirai :

— Savez-vous combien d'instruments un pilote d'aujourd'hui doit contrôler?

— Comment voulez-vous que je le sache?

— Ça ne fait rien. Dites un chiffre.

— Quel chiffre voulez-vous que je vous dise?

Car mon fermier n'a aucun tact.

— Dites n'importe quel chiffre!

— Sept.

— Cent trois!

Et je serai content.

Ma paix est faite aussi de ce que tous les instruments dont j'étais encombré ont pris leur place et reçu leur signification. Toute cette tripaille de tuyaux et de câbles est devenue réseau de circulation. Je suis un organisme étendu à l'avion. L'avion me fabrique mon bien-être, quand je tourne tel bouton qui réchauffe progressivement mes vêtements et mon oxygène. L'oxygène, d'ailleurs, est trop réchauffé et me brûle le nez. Cet oxygène lui-même est débité, en proportion de l'altitude, par un instrument compliqué. Et c'est l'avion qui m'alimente. Cela me paraissait inhumain avant le vol, et maintenant, allaité par l'avion lui-même, j'éprouve pour lui une sorte de tendresse filiale. Une sorte de tendresse de nourrisson.

Quant à mon poids, il s'est distribué sur des points d'appui. Ma triple épaisseur de vêtements superposés, mon lourd parachute dorsal pèsent contre le siège. Mes énormes chaussons reposent sur le palonnier. Mes mains aux gants épais et raides, si maladroites au sol, manœuvrent le volant avec aisance. Manœuvrent le volant... Manœuvrent le volant...

— Dutertre!

— ...taine?

— Vérifiez d'abord vos contacts. Je ne vous entends que par à-coups. M'entendez-vous?

— ... Vous... tends... Capi...

— Secouez-le donc, votre bazar! M'entendez-vous?

La voix de Dutertre redevient claire :

— Vous entends très bien, mon Capitaine!

— Bon. Eh bien, aujourd'hui encore les commandes gèlent; le volant est dur; quant au palonnier, il est entièrement coincé!

— C'est gai. Quelle altitude?

— Neuf mille sept.

— Quel froid?

— Quarante-huit degrés. Et vous, l'oxygène, ça va?

— Ça va, mon Capitaine.

— Le mitrailleur, ça va l'oxygène?

Point de réponse.

— Mitrailleur, hep!

Point de réponse.

— L'entendez, Dutertre, le mitrailleur?

— Entends rien, mon Capitaine...

— Appelez-le!

— Mitrailleur, hep! mitrailleur!

Point de réponse.

Mais avant de plonger je secoue brutalement l'avion, pour réveiller l'autre, s'il dort.

— Mon Capitaine?

— C'est vous, le mitrailleur?

— Je... heu... oui...

— Vous n'en êtes pas certain?

— Si!

— Pourquoi ne répondiez-vous pas?

— Je faisais un essai de radio. J'avais débranché!

— Vous êtes un salaud! On prévient! J'ai failli plonger : je vous pensais mort!

— Je... non.

— Je vous crois sur parole. Mais ne me jouez plus ce mauvais tour! Prévenez-moi, nom de Dieu! avant de débrancher!

— Pardon, mon Capitaine. Entendu, mon Capitaine. Préviendrai.

Car la panne d'oxygène n'est pas sensible à l'organisme. Elle se traduit par une euphorie vague qui aboutit, en quelques secondes, à l'évanouissement, et en quelques minutes à la mort. Le contrôle permanent du débit de cet oxygène est donc indispensable, ainsi que le contrôle, par le pilote, de l'état de ses passagers.

Je pince donc à petits coups le tuyau d'alimentation de mon masque, afin de goûter sur mon nez les bouffées chaudes qui apportent la vie.

En somme je fais mon métier. Je n'éprouve rien d'autre que le plaisir physique d'actes nourris de sens qui se suffisent à eux-mêmes. Je n'éprouve ni le sentiment d'un grand danger (j'étais autrement inquiet en m'habillant), ni le sentiment d'un grand devoir. Le combat entre l'Occident et le nazisme devient, cette fois-ci, à l'échelle de mes actes, une action sur des manettes, des leviers et des robinets. C'est bien ainsi. L'amour de son Dieu, chez le sacristain, se fait amour de l'allumage des cierges. Le sacristain va d'un pas égal, dans une église qu'il ne voit pas, et il est satisfait de faire fleurir l'un après l'autre les candélabres. Quand tous sont allumés, il se frotte les mains. Il est fier de soi.

Moi j'ai admirablement réglé le pas de mes hélices, et je tiens mon cap à un degré près. Ça doit émerveiller Dutertre, si toutefois il observe un peu le compas...

— Dutertre... je... le cap au compas... ça va?

— Non, mon Capitaine. Trop de dérive. Obliquez à droite.

Tant pis!

— Mon Capitaine, on passe les lignes. Je commence mes photos. Quelle altitude à votre altimètre?

— Dix mille.

VI

— Capitaine... compas!

Exact. J'ai obliqué à gauche. Ce n'est point par hasard... C'est la ville d'Albert qui me repousse. Je la devine très loin, à l'avant. Mais elle pèse déjà contre mon corps de tout le poids de son « interdiction *a priori* ». Quelle mémoire se dissimule donc dans l'épaisseur des membres! Mon corps se souvient des chutes subies, des fractures du crâne, des comas visqueux comme du sirop, des nuits d'hôpital. Mon corps craint les coups. Il cherche à éviter Albert. Quand je ne le surveille pas, il oblique à gauche. Il tire sur la gauche, à la façon d'un vieux cheval qui se méfierait, pour la vie, de l'obstacle qui l'a, une fois, effrayé. Et il s'agit bien de mon corps... non de mon esprit... C'est quand je suis distrait que mon corps en profite sournoisement, et escamote Albert.

Car je n'éprouve rien qui soit bien pénible. Je ne souhaite plus manquer la mission. J'ai cru tout à l'heure former ce souhait. Je me disais : « Les laryngophones seront en panne. J'ai bien sommeil. J'irai dormir. » Je me faisais de ce lit de paresse une image merveilleuse. Mais je savais aussi, en profondeur, qu'il n'est rien à attendre d'une mission manquée, sinon une sorte d'inconfort aigre. C'est comme si une mue nécessaire avait échoué.

Cela me rappelle le collège... Lorsque j'étais petit garçon...

— ... Capitaine!

— Quoi?

— Non, rien... je croyais voir...

Je n'aime guère ce qu'il croyait voir.

Oui... quand on est petit garçon, au collège, on se lève trop tôt. On se lève à six heures du matin. Il fait froid. On se frotte les yeux, et l'on souffre d'avance de la triste leçon de grammaire. C'est pourquoi l'on rêve de tomber malade pour se réveiller à l'infirmerie, où des religieuses à cornette blanche vous apporteront au lit des tisanes sucrées. On se fait mille illusions sur ce paradis. Alors, bien sûr, si je souffrais d'un rhume, je toussais un peu plus qu'il n'était nécessaire. Et, de l'infirmerie où je me réveillais, j'entendais sonner la cloche pour les autres. Si j'avais un peu trop triché, cette cloche me punissait bien : elle me changeait en fantôme. Elle sonnait, au-dehors, des heures véritables, celles de l'austérité des classes, celles du tumulte des récréations, celles de la chaleur du réfectoire. Elle fabriquait aux vivants, là dehors, une existence dense, riche de misères, d'impatiences, de jubilations, de regrets. Moi, j'étais volé, oublié, écœuré des tisanes fades, du lit moite et des heures sans visage.

Il n'est rien à attendre d'une mission manquée.

VII

Certes parfois, comme aujourd'hui, la mission ne peut satisfaire. Il est si évident que nous jouons un jeu qui imite la guerre. Nous jouons aux gendarmes et aux voleurs. Nous observons correctement la morale de nos livres d'Histoire et les règles de nos manuels. Ainsi j'ai roulé cette nuit, en voiture, sur le terrain. Et la sentinelle de garde a, selon la consigne, croisé la baïonnette face à cette voiture qui, tout aussi bien, eût été un tank! Nous jouons à croiser la baïonnette devant des tanks.

Comment nous exalterions-nous sur ces charades un peu cruelles, où nous tenons un rôle si évident de figurants, quand on nous demande de le tenir jusqu'à la mort? C'est trop sérieux, la mort, pour une charade.

Qui s'habillerait dans l'exaltation? Personne. Hochedé lui-même, qui est une sorte de saint, qui a atteint cet état de don permanent qui est sans doute l'achèvement de l'homme, Hochedé, lui-même, se réfugie dans le silence. Les camarades qui s'habillent se taisent donc, l'air bourru, et ce n'est point par pudeur de héros. Cet air bourru ne masque aucune exaltation. Il dit ce qu'il dit. Et je le reconnais. C'est l'air bourru du gérant qui ne comprend rien aux consignes que lui a dictées un maître absent. Et qui cependant demeure fidèle. Tous les camarades rêvent de leur chambre calme, mais il n'est pas, chez nous, un seul d'entre eux qui choisirait véritablement d'aller dormir!

Car l'important n'est pas de s'exalter. Il n'est, dans la défaite, aucun espoir d'exaltation. L'important est de s'habiller, de monter à bord, de décoller. Ce que l'on en pense soi-même n'a aucune importance. Et l'enfant qui s'exalterait à l'idée des leçons de grammaire m'apparaîtrait comme prétentieux et suspect. L'important est de se gérer dans un but qui ne se montre pas dans l'instant. Ce but n'est point pour l'Intelligence, mais pour l'Esprit. L'Esprit sait aimer, mais il dort. La tentation, je connais en quoi elle consiste aussi bien qu'un Père de l'Église. Être tenté, c'est être tenté, quand l'Esprit dort, de céder aux raisons de l'Intelligence.

A quoi sert que j'engage ma vie dans ce glissement de montagne? Je l'ignore. On m'a répété cent fois : « Laissez-vous affecter ici ou là. Là est votre place. Vous y serez plus utile qu'en escadrille. Les pilotes, on peut en former par milliers... » La démonstration était péremptoire. Toutes les démonstrations sont péremptoires. Mon intelligence approuvait mais mon instinct l'emportait sur l'intelligence.

Pourquoi ce raisonnement m'apparaissait-il comme illusoire alors que je n'avais rien à lui objecter? Je me disais : « Les intellectuels se tiennent en réserve, comme des pots de confiture, sur les étagères de la Propagande, pour être mangés après la guerre... » Ce n'était pas une réponse!

Aujourd'hui encore, comme les camarades, j'ai décollé contre tous les raisonnements, toutes les évidences, toutes les réactions de l'instant. Viendra bien l'heure où je connaîtrai que j'avais raison contre ma raison. Je me suis promis, si je vis, cette promenade nocturne à travers mon village. Alors, peut-être, m'habituerai-je enfin moi-même. Et je verrai.

Peut-être n'aurai-je rien à dire sur ce que je verrai. Quand une femme me paraît belle, je n'ai rien à en dire. Je la vois sourire, tout simplement. Les intellectuels démontent le visage, pour l'expliquer par les morceaux, mais ils ne voient plus le sourire.

Connaître, ce n'est point démonter, ni expliquer. C'est accéder à la vision. Mais, pour voir, il convient d'abord de participer. Cela est dur apprentissage...

Tout le jour mon village m'a été invisible. Il s'agissait, avant la mission, de murs de torchis et de paysans, plus ou moins sales. Il s'agit maintenant d'un peu de gravier à dix kilomètres sous moi. Voilà mon village.

Mais, cette nuit peut-être, un chien de garde se réveillera et aboiera. J'ai toujours goûté la magie d'un village qui rêve tout haut, par la voix d'un seul chien de garde, dans la nuit claire.

Je n'ai aucun espoir de me faire comprendre, et cela m'est absolument indifférent. Que se montre simplement à moi, avec ses portes closes sur les provisions de graines, sur le bétail, sur les coutumes, mon village bien rangé pour dormir!

Les paysans, retour des champs, ayant desservi le repas, couché les enfants et soufflé la lampe, se fondront dans son silence. Et rien ne sera plus, sinon, sous les beaux draps raides de campagne, les lents mouvements de respiration, comme d'un reste de houle, après l'orage, sur la mer.

Dieu suspend l'usage des richesses pendant la durée du bilan nocturne. L'héritage tenu en réserve m'apparaîtra, ainsi, plus clairement, quand les hommes reposeront, les mains ouvertes par le jeu de l'inflexible sommeil qui défait les doigts jusqu'au jour.

Alors peut-être contemplerai-je ce qui ne porte point de nom. J'aurai marché comme un aveugle que ses paumes ont conduit vers le feu. Il ne saurait pas le décrire et cependant il l'a trouvé. Ainsi, peut-être, se montrera ce qu'il convient de protéger, ce qui ne se voit point, mais dure, à la façon d'une braise, sous la cendre des nuits de village.

Je n'avais rien à espérer d'une mission manquée. Pour comprendre un simple village, il faut d'abord...

— Capitaine!

— Oui?

— Six chasseurs, six, à l'avant-gauche!

Ça a sonné comme un coup de tonnerre.

Il faut... il faut... j'aimerais cependant être payé à temps. J'aimerais avoir droit à l'amour. J'aimerais reconnaître pour qui je meurs...

VIII

— Mitrailleur!

— Capitaine?

— Avez-vous entendu? Six chasseurs, six, à l'avant-gauche!

— Entendu, Capitaine!

— Dutertre, ils nous ont vus?

— Nous ont vus. Virent sur nous. Les survolons de cinq cents mètres.

— Mitrailleur, avez entendu? Les survolons de cinq cents mètres. Dutertre! Loin encore?

— ... quelques secondes.

— Mitrailleur, avez entendu? Seront dans la queue dans quelques secondes.

Là, je les vois! Petits. Un essaim de guêpes empoisonnées.

— Mitrailleur! Ils passent par le travers. Les apercevrez dans une seconde. Là!

— Je... je ne vois rien. Ah! Je les vois! Moi je ne les vois plus!

— Ils nous prennent en chasse?

— Ils nous prennent en chasse!

— Montent fort?
— Je ne sais pas... Je ne crois pas... Non!
— Que décidez-vous, mon Capitaine?
C'est Dutertre qui a parlé.
— Que voulez-vous que je décide!
Et l'on se tait.
Il n'est rien à décider. Ça regarde Dieu exclusivement. Si je virais, je raccourcirais l'intervalle qui nous sépare. Comme nous marchons droit vers le soleil et qu'à haute altitude on ne s'élève pas de cinq cents mètres sans perdre quelques kilomètres sur le gibier, il se peut qu'avant de parvenir à notre étage, où ils retrouveront leur vitesse, ils nous aient perdus dans le soleil.
— Mitrailleur, toujours?
— Toujours.
— Gagnons sur eux?
— Euh... non... oui!
Ça regarde Dieu et le soleil.
En prévision du combat éventuel (bien qu'un Groupe de Chasse assassine plutôt qu'il ne combat), je m'efforce, en luttant contre lui de tous mes muscles, de débloquer mon palonnier gelé. J'éprouve une étrange sensation, mais j'ai encore les chasseurs dans les yeux. Et je pèse de tout mon poids sur les commandes rigides.

Une fois de plus j'observe que je suis, en fait, beaucoup moins ému dans cette action, qui cependant me réduit à une attente absurde, que je ne l'étais pendant l'habillage. J'éprouve aussi une sorte de colère. Une colère bienfaisante.

Mais nulle ivresse du sacrifice. J'aimerais mordre.

— Mitrailleur, on les sème?

— On les sème, mon Capitaine.

Ça ira.

— Dutertre... Dutertre...

— Mon Capitaine?

— Non... rien.

— Qu'y avait-il, mon Capitaine?

— Rien... Je croyais que... rien...

Je ne leur dirai rien. Ce n'est pas un tour à leur jouer. Si j'amorce une vrille, ils le verront bien. Ils verront bien que j'amorce une vrille...

Il n'est pas naturel que je ruisselle de sueur par 50° de froid. Pas naturel. Oh! J'ai déjà compris ce qui se passe : tout doucement je m'évanouis. Tout doucement...

Je vois la planche de bord. Je ne vois plus la planche de bord. Mes mains s'amollissent sur le volant. Je n'ai même plus la force de parler. Je m'abandonne. S'abandonner...

J'ai pincé le tuyau de caoutchouc. J'ai reçu dans le nez la bouffée qui porte la vie. Ce n'est donc pas une panne d'oxygène. C'est... Oui, bien sûr. J'ai été stupide. C'est le palonnier. J'ai exercé contre mon palonnier des efforts de débardeur, de camionneur. A dix mille mètres d'altitude je me suis conduit en lutteur forain. Or mon oxygène était mesuré. J'en devais user avec discrétion. Je paie l'orgie...

Je respire à haute fréquence. Mon cœur bat vite, très vite. C'est comme un faible grelot. Je ne dirai rien à mon équipage. Si j'amorce une vrille, ils l'apprendront bien assez tôt! Je vois la planche de bord... Je ne vois plus la planche de bord... Et je me sens triste, dans ma sueur.

La vie m'est revenue tout doucement.

— Dutertre!...

— Mon Capitaine?

J'aimerais lui confier ce qui s'est passé.

— J'ai... cru... que...

Mais je renonce à m'exprimer. Les paroles consomment trop d'oxygène, et mes trois mots m'ont déjà essoufflé. Je suis un faible, faible convalescent...

— Qu'y avait-il, mon Capitaine?

— Non... rien.

— Mon Capitaine, vous êtes vraiment énigmatique!

Je suis énigmatique. Mais je suis vivant.

— ... ne... ne nous... ont pas eus...

— Oh! mon Capitaine, c'est provisoire!

C'est provisoire : il y a Arras.

Ainsi, pendant quelques minutes, j'ai cru ne point revenir, et cependant je n'ai pas observé en moi cette angoisse brûlante qui, dit-on, blanchit les cheveux. Et je me souviens de Sagon. Du témoignage de Sagon, auquel nous rendîmes visite quelques jours après le combat qui l'abattit, voilà deux mois, en zone française : qu'avait-il éprouvé, Sagon, quand les chasseurs l'ayant encadré, cloué en quelque sorte à son poteau d'exécution, il s'était tenu pour mort dans les dix secondes?

IX

Je le revois avec précision, couché dans son lit d'hôpital. Son genou a été accroché et brisé par l'empennage de l'avion, au cours du saut en parachute, mais Sagon n'a pas ressenti le choc. Son visage et ses mains sont assez grièvement brûlés, mais, tout compte fait, il n'a rien subi qui soit inquiétant. Il nous raconte lentement son histoire, d'une voix quelconque, comme un compte rendu de corvée.

— ... J'ai compris qu'ils tiraient en me voyant enveloppé de balles lumineuses. Ma planche de bord a éclaté. Puis j'ai aperçu un peu de fumée, oh! pas beaucoup, qui semblait provenir de l'avant. J'ai pensé que c'était... vous savez il y a là un tuyau de conjugaison... Oh! ça ne flambait pas beaucoup...

Sagon fait la moue. Il pèse la question. Il estime important de nous dire si ça flambait beaucoup ou pas beaucoup. Il hésite :

— Tout de même... c'était le feu... Alors je leur ai dit de sauter...

Car le feu, dans les dix secondes, change un avion en torche!

— J'ai ouvert, alors, ma trappe de départ. J'ai eu tort. Ça a fait appel d'air... le feu... J'ai été gêné.

Un four de locomotive vous crache dans le ventre un torrent de flammes, à sept mille mètres d'altitude, et vous êtes gêné! Je ne trahirai pas Sagon en exaltant son héroïsme ou sa pudeur. Il ne reconnaîtrait ni cet héroïsme ni cette pudeur. Il dirait : « Si! Si! j'ai été gêné... » Il fait d'ailleurs des efforts visibles pour être exact.

Et je sais bien que le champ de la conscience est minuscule Elle n'accepte qu'un problème à la fois. Si vous vous colletez à coups de poing, et si la stratégie de la lutte vous préoccupe, vous ne souffrez pas des coups de poing. Quand j'ai cru me noyer, au cours d'un accident d'hydravion, l'eau, qui était glacée, m'a paru tiède. Ou, plus exactement, ma conscience n'a pas considéré la température de l'eau. Elle était absorbée par d'autres préoccupations. La température de l'eau n'a laissé aucune trace dans mon souvenir. Ainsi la conscience de Sagon était-elle absorbée par la technique du départ. L'univers de Sagon se limitait à la manivelle qui commande la trappe coulissante, à une certaine poignée du parachute dont l'emplacement le préoccupa, et au sort technique de son équipage. « Vous avez sauté? » Point de réponse. « Personne à bord? » Point de réponse.

— Je me suis cru seul. J'ai cru que je pouvais partir... (il avait déjà le visage et les mains grillés). Je me suis soulevé, j'ai enjambé la carlingue et me suis maintenu d'abord sur l'aile. Une fois là, je me suis penché vers l'avant : je n'ai pas vu l'observateur...

L'observateur, tué net par le tir des chasseurs, gisait dans le fond de la carlingue.

— J'ai reculé alors vers l'arrière, et je n'ai pas vu le mitrailleur...

Le mitrailleur, lui aussi, s'était écroulé.

— Je me suis cru seul...

Il réfléchit :

— Si j'avais su... j'aurais pu remonter à bord... Ça ne flambait pas tellement fort... Je suis resté, comme ça, longtemps sur l'aile... J'avais, avant de quitter la carlingue, réglé l'avion au cabré. Le vol était correct, le souffle supportable, et je me sentais à mon aise. Oh! oui je suis resté longtemps sur l'aile... Je ne savais pas quoi faire...

Non qu'il se posât à Sagon des problèmes inextricables : il se croyait seul à bord, l'avion flambait, et les chasseurs répétaient leurs passages en l'éclaboussant de projectiles. Ce que nous signifiait Sagon, c'est qu'il n'éprouvait aucun désir. Il n'éprouvait rien. Il disposait de tout son temps. Il baignait dans une sorte de loisir infini. Et, point par point, je reconnaissais cette extraordinaire sensation qui accompagne parfois l'imminence de la mort : un loisir inattendu... Qu'elle est bien démentie par le réel l'imagerie de la haletante précipitation! Sagon demeurait là, sur son aile, comme rejeté hors du temps!

— Et puis j'ai sauté, dit-il, j'ai mal sauté. Je me suis vu tourbillonner. J'ai craint, en l'ouvrant trop tôt, de m'entortiller dans mon parachute. J'ai attendu d'être stabilisé. Oh! j'ai attendu longtemps...

Sagon, ainsi, conserve le souvenir d'avoir, du début à la fin de son aventure, attendu. Attendu de flamber plus fort. Puis attendu sur l'aile, on ne sait quoi. Et, en chute libre, à la verticale vers le sol, attendu encore.

Et il s'agissait bien de Sagon, et même il s'agissait d'un Sagon rudimentaire, plus ordinaire que de coutume, d'un Sagon un peu perplexe et qui, au-dessus d'un abîme, piétinait avec ennui.

X

Voilà deux heures déjà que nous baignons dans une pression extérieure réduite au tiers de la pression normale. L'équipage lentement s'use. Nous nous parlons à peine. J'ai encore tenté, une ou deux fois, avec prudence, une action sur mon palonnier. Je n'ai pas insisté. J'ai été pénétré chaque fois par la même sensation, d'une épuisante douceur.

Dutertre, en vue des virages que la photo exige, me prévient longtemps à l'avance. Je me débrouille, comme je le puis, avec ce qui me reste de volant. J'incline l'avion et je tire à moi. Et je réussis pour Dutertre des virages en vingt épisodes.

— Quelle altitude?

— Dix mille deux cents...

Je songe encore à Sagon... L'homme est toujours l'homme. Nous sommes des hommes. Et, en moi, je n'ai jamais rencontré que moi-même. Sagon n'a connu que Sagon. Celui qui meurt, meurt comme il fut. Dans la mort d'un mineur ordinaire il est un mineur ordinaire qui meurt. Où trouve-t-on cette démence hagarde que, pour nous éblouir, inventent les littérateurs?

J'ai vu remonter un homme, en Espagne, après quelques journées de travail, de la cave d'une maison écrasée par une torpille. La foule entourait en silence et, me semblait-il, avec une soudaine timidité, celui-là qui revenait presque de l'au-delà, revêtu encore de ses gravats, à demi abruti par l'asphyxie et par le jeûne, semblable à une sorte de monstre éteint. Quand quelques-uns s'enhardirent à l'interroger, et qu'il prêta aux questions une attention glauque, la timidité de la foule se changea en malaise.

On essayait sur lui des clefs maladroites, car, l'interrogation véritable, nul ne savait la formuler. On lui disait : « Que sentiez-vous... Que pensiez-vous... Que faisiez-vous... » On jetait ainsi, au hasard, des passerelles au-dessus d'un abîme, comme l'on eût usé d'une première convention pour atteindre, dans sa nuit, l'aveugle sourd-muet que l'on eût tenté de secourir.

Mais lorsque l'homme put nous répondre, il répondit :

— Ah! oui, j'entendais de longs craquements...

Ou encore...

— Je me faisais bien du souci. C'était long... Ah! c'était bien long...

Ou encore...

— J'avais mal aux reins, j'avais très mal...
Et ce brave homme ne nous parlait que du brave homme. Il nous parla surtout de sa montre, qu'il avait perdue...

— Je l'ai cherchée... j'y tenais beaucoup... mais dans le noir...

Et certes, la vie lui avait enseigné la sensation du temps qui s'écoule ou l'amour des objets familiers. Et il se servait de l'homme qu'il était pour ressentir son univers, fût-ce l'univers d'un éboulement dans la nuit. Et, à la question fondamentale, que nul ne savait lui poser, mais qui gouvernait toutes les tentatives : « Qui étiez-vous? Qui a surgi en vous? », il n'eût rien pu répondre, sinon : « Moi-même... »

Aucune circonstance ne réveille en nous un étranger dont nous n'aurions rien soupçonné. Vivre, c'est naître lentement. Il serait un peu trop aisé d'emprunter des âmes toutes faites!

Une illumination soudaine semble parfois faire bifurquer une destinée. Mais l'illumination n'est que la vision soudaine, par l'Esprit, d'une route lentement préparée. J'ai appris lentement la grammaire. On m'a exercé à la syntaxe. On a éveillé mes sentiments. Et voilà brusquement qu'un poème me frappe au cœur.

Certes je ne ressens pour l'instant aucun amour, mais si, ce soir, quelque chose m'est révélé, c'est que j'aurai pesamment apporté mes pierres à l'invisible construction. Je prépare une fête. Je n'aurai pas le droit de parler d'apparition soudaine, en moi, d'un autre que moi, puisque cet autre que moi, je le bâtis.

Je n'ai rien à attendre de l'aventure de guerre, sinon cette lente préparation. Elle paiera plus tard, comme la grammaire...

Toute vie s'est émoussée en nous à cause de cette lente usure. Nous vieillissons. La mission vieillit. Que coûte la haute altitude? Une heure vécue à dix mille mètres équivaut-elle à une semaine, trois semaines, un mois de vie organique, d'exercice du cœur, des poumons, des artères? Peu m'importe, d'ailleurs. Mes demi-évanouissements m'ont ajouté des siècles : je baigne dans la sérénité des vieillards. Les émotions de l'habillage m'apparaissent comme infiniment lointaines, perdues dans le passé. Arras infiniment lointain dans l'avenir.

L'aventure de guerre? Où y a-t-il aventure de guerre?

J'ai failli, voici dix minutes, disparaître, et je n'ai rien à raconter, sinon ce passage de guêpes minuscules entrevues pendant trois secondes. L'aventure véritable eût duré un dixième de seconde. Et chez nous, on ne revient pas, on ne revient jamais la dire.

— Un peu de pied à gauche, mon Capitaine.

Dutertre a oublié que mon palonnier est gelé! Moi, je songe à une gravure qui m'a ébloui, dans l'enfance. On y voyait, sur un fond d'aurore boréale, un extraordinaire cimetière de navires perdus, immobilisés dans les mers australes. Ils ouvraient, dans la lumière de cendre d'une sorte de soir éternel, des bras cristallisés. Dans une atmosphère morte ils tendaient encore des voiles qui avaient conservé l'empreinte du vent, comme un lit une empreinte de tendre épaule. Mais on les sentait raides et craquantes.

Ici tout est gelé. Mes commandes sont gelées. Mes mitrailleuses sont gelées. Et quand j'ai, sur les siennes, interrogé le mitrailleur :

— Vos mitrailleuses?...

— Plus rien.

— Ah! bon.

Dans le tuyau d'expiration de mon masque je crache des aiguilles de glace. De temps à autre, il me faut écraser, à travers le caoutchouc souple, le bouchon de givre qui m'étouffe. Quand je presse, je le sens crisser dans ma paume.

— Mitrailleur, l'oxygène ça va?

— Ça va...

— Quelle pression dans les bouteilles?

— Euh... Soixante-dix.

— Ah! bon.

Le temps pour nous s'est gelé aussi. Nous sommes trois vieillards à barbe blanche.

Rien n'est mobile. Rien n'est urgent. Rien n'est cruel.

L'aventure de guerre? Le commandant Alias a cru, un jour, devoir me dire :

— Essayez de faire attention!

Attention à quoi, commandant Alias? La chasse vous tombe dessus comme la foudre. Le Groupe de Chasse, qui vous surplombe de quinze cents mètres d'altitude, vous ayant découvert au-dessous de lui, prend tout son temps. Il louvoie, s'oriente, se place. Vous, vous ignorez tout encore. Vous êtes la souris enfermée dans l'ombre du rapace. La souris s'imagine vivre. Elle folâtre encore dans les blés. Mais elle est déjà prisonnière de la rétine de l'épervier, mieux collée à cette rétine qu'à une glu, car l'épervier ne la lâchera plus.

Et vous, de même, vous continuez de piloter, de rêver, d'observer le sol, quand déjà vous a condamné l'imperceptible signe noir qui s'est formé sur une rétine d'homme.

Les neuf avions du Groupe de Chasse basculeront à la verticale, quand il leur plaira. Ils ont tout leur temps. Ils donneront à neuf cents kilomètres à l'heure ce prodigieux coup de harpon qui ne manque jamais sa proie. Une escadre de bombardement constitue une puissance de tir qui offre des chances à la défense, mais l'équipage de Reconnaissance, isolé en plein ciel, ne triomphe jamais des soixante-douze mitrailleuses, qui ne se révéleront d'ailleurs à lui que par la gerbe lumineuse de leurs balles.

A l'instant même où vous connaîtrez qu'il y a combat, le chasseur ayant lâché son venin d'un coup, comme le cobra, déjà neutre et inaccessible, vous surplombera. Les cobras ainsi se balancent, jettent leur éclair, et reprennent leur balancement.

Ainsi quand le Groupe de Chasse s'est évanoui, rien n'a changé encore. Les visages mêmes n'ont pas changé. Ils changent, maintenant que le ciel est vide et que la paix est faite. Le chasseur, déjà, n'est plus qu'un témoin impartial, quand, de la carotide sectionnée de l'observateur, s'échappe le premier des spasmes de sang, quand, du capot du moteur droit, filtre, hésitante, la première flamme du feu de forge. Ainsi le cobra s'est déjà replié, quand le venin pénètre au cœur, et quand le premier muscle du visage grimace. Le Groupe de Chasse ne tue pas. Il sème la mort. Elle germe quand il est passé.

Attention à quoi, commandant Alias? Lorsque nous avons croisé les chasseurs je n'ai rien eu à décider. J'aurais pu ne point les connaître. S'ils m'avaient dominé, je ne les aurais jamais connus!

Attention à quoi? Le ciel est vide.

La terre est vide.

Il n'est plus d'homme quand on observe

de dix kilomètres de distance. Les démarches de l'homme ne se lisent plus à cette échelle. Nos appareils photo à long foyer nous servent ici de microscope. Il faut le microscope pour saisir, non l'homme — il échappe encore à cet instrument — mais les signes de sa présence, les routes, les canaux, les convois, les chalands. L'homme ensemence une lamelle de microscope. Je suis un savant glacial, et leur guerre n'est plus, pour moi, qu'une étude de laboratoire.

— Tirent-ils, Dutertre?

— Je crois qu'ils tirent.

Dutertre n'en sait rien. Les éclatements sont trop lointains, et les taches de fumée se confondent avec le sol. Ils ne peuvent souhaiter de nous abattre par un tir aussi imprécis. Nous sommes, à dix mille mètres, pratiquement invulnérables. Ils tirent pour nous situer et guider, peut-être, la chasse sur nous. Une chasse perdue dans ce ciel comme une invisible poussière.

Ceux du sol nous distinguent à cause de l'écharpe de nacre blanche qu'un avion, s'il vole à haute altitude, traîne comme un voile de mariée. L'ébranlement dû au passage du bolide cristallise la vapeur d'eau de l'atmosphère. Et nous débobinons, en arrière de nous, un cirrus d'aiguilles de glace. Si les conditions extérieures sont propices à la formation de nuages, ce sillage engraissera lentement, et deviendra nuage du soir sur la campagne.

Les chasseurs sont guidés vers nous par la radio de bord, par les paquets d'éclatements, puis par le luxe ostentatoire de notre écharpe blanche. Cependant nous baignons dans un vide presque sidéral.

Nous naviguons, je le sais bien, à cinq cent trente kilomètres-heure... Cependant tout s'est fait immobile. La vitesse se montre sur un champ de courses. Mais ici tout trempe dans l'espace. Ainsi la terre, malgré ses quarante-deux kilomètres par seconde, fait lentement le tour du soleil. Elle y use une année. Nous aussi, nous sommes lentement rejoints, peut-être, dans cet exercice de gravitation. La densité de la guerre aérienne? Des grains de poussière dans une cathédrale! Grain de poussière, nous attirons peut-être à nous quelques dizaines ou quelques centaines de poussières. Et toute cette cendre, comme d'un tapis secoué, monte lentement dans le soleil.

Attention à quoi, commandant Alias? Je ne vois, à la verticale, que des bibelots d'une autre époque, sous un cristal pur qui ne tremble pas. Je me penche sur des vitrines de musée. Mais déjà elles se présentent à contre-jour. Très loin devant nous, c'est sans doute Dunkerque et la mer. Mais, en oblique, je ne distingue plus grand-chose. Le soleil est, maintenant, trop bas, et je domine une grande plaque miroitante.

— Vous voyez quelque chose, Dutertre, à travers cette saloperie?

— A la verticale, oui, mon Capitaine...

— Hep! le mitrailleur, pas de nouvelles des chasseurs?

— Pas de nouvelles...

En réalité j'ignore totalement si nous sommes ou non poursuivis, et si l'on nous voit ou non, du sol, traîner derrière nous toute une collection de fils de la Vierge semblables au nôtre.

« Fil de la Vierge » me fait rêver. Il me vient une image que j'estime, d'abord, ravissante : « ...inaccessibles comme une trop jolie femme, nous poursuivons notre destinée, traînant lentement notre robe à traîne d'étoiles de glace... »

— Donnez un peu de pied à gauche!

Ça c'est la réalité. Mais je reviens à ma poésie de pacotille :

« ... ce virage provoquera le virage d'un ciel entier de soupirants... »

Du pied à gauche... du pied à gauche... Faudrait pouvoir!

La trop jolie femme rate son virage.

— Si vous chantez... tournerez de l'œil..., mon Capitaine.

J'ai donc chanté?

D'ailleurs, il m'enlève, Dutertre, toute envie de musique légère :

— J'ai presque terminé les photos. Pourrez bientôt descendre en direction d'Arras.

Je pourrai... Je pourrai... bien sûr! Il faut profiter des bonnes occasions.

Tiens! les manettes des gaz aussi sont gelées...

Et je me dis :

— Il est revenu cette semaine une mission sur trois. Il est donc une haute densité du danger de guerre. Cependant, si nous sommes de ceux qui reviennent, nous n'aurons rien à raconter. J'ai autrefois vécu des aventures : la création des lignes postales, la dissidence saharienne, l'Amérique du Sud... mais la guerre n'est point une aventure véritable, elle n'est qu'un ersatz d'aventure. L'aventure repose sur la richesse des liens qu'elle établit, des problèmes qu'elle pose, des créations qu'elle provoque. Il ne suffit pas, pour transformer en aventure le simple jeu de pile ou face, d'engager sur lui la vie et la mort. La guerre n'est pas une aventure. La guerre est une maladie. Comme le typhus.

Peut-être comprendrai-je plus tard que ma seule véritable aventure de guerre a été celle de ma chambre d'Orconte.

XI

J'habitais, à Orconte, village des environs de Saint-Dizier où mon Groupe cantonna durant l'hiver 39, qui fut très rude, une ferme bâtie en murs de torchis. La température nocturne y descendait assez bas pour transformer en glace l'eau de mon pot à eau rustique, et mon premier acte, avant de m'habiller, était évidemment d'allumer mon feu. Mais ce geste exigeait que je sortisse de ce lit où j'avais chaud, et où je me roulais en boule avec délices.

Rien ne me semblait plus merveilleux que ce simple lit de monastère, dans cette chambre vide et glacée. J'y goûtais la béatitude du repos après les journées dures. J'y goûtais aussi la sécurité. Rien ne m'y menaçait. Mon corps était offert, durant le jour, aux rigueurs de la haute altitude et aux projectiles tranchants. Mon corps pouvait être changé, durant le jour, en nid à souffrances, et injustement déchiré. Mon corps, durant le jour, ne m'appartenait pas. Ne m'appartenait plus. On pouvait en prélever des membres, on pouvait en tirer du sang. Car c'est encore un fait de guerre que ce corps devenu magasin d'accessoires qui ne sont plus votre propriété. L'huissier vient et réclame les yeux. Et vous lui cédez votre don de voir. L'huissier vient et réclame les jambes. Et vous lui cédez votre don de marcher. L'huissier vient, avec sa torche, et vous réclame toute la chair de votre visage. Et vous n'êtes plus qu'un monstre, lui ayant cédé, en rançon, votre don de sourire et de montrer votre amitié aux hommes. Aussi ce corps qui pouvait se révéler, dans la journée même, mon ennemi, et me faire mal, ce corps qui pouvait se changer en usine à plaintes, voilà qu'il était encore mon ami, obéissant et fraternel, bien roulé en boule sur les draps dans son demi-sommeil, ne confiant rien d'autre à ma conscience que son plaisir de vivre, son ronronnement bienheureux. Mais il me fallait bien le sortir du lit et le laver dans l'eau glacée, et le raser, et l'habiller pour l'offrir, correct, aux éclats de fonte. Et cette sortie du lit ressemblait à l'arrachement aux bras maternels, au sein maternel, à tout ce qui, au cours de l'enfance, chérit, caresse, protège un corps d'enfant.

Alors, après avoir bien pesé, bien mûri, bien retardé ma décision, je bondissais d'un coup, les dents serrées, jusqu'à la cheminée où je faisais crouler une pile de bois que j'aspergeais d'essence. Puis, celle-ci une fois enflammée, ayant réussi une seconde fois la traversée de ma chambre, je me renfonçais dans mon lit, où je retrouvais ma bonne chaleur et d'où, enfoui sous les couvertures et l'édredon jusqu'à l'œil gauche, je surveillais ma cheminée. Et d'abord ça ne prenait guère, puis il y avait de courts éclairs qui illuminaient le plafond. Puis ça commençait de s'installer là-dedans comme une fête qui s'organise. Ça commençait de crépiter, de ronfler, de chanter. C'était gai comme un banquet de noces villageoises, quand la foule commence de boire, de s'échauffer, de se donner des coups de coudes.

Ou bien il me semblait être gardé par mon feu débonnaire comme par un chien de berger actif, fidèle et diligent, et qui faisait bien son ouvrage. J'éprouvais, à le considérer, une sourde jubilation. Et, lorsque la fête battait son plein avec cette danse des ombres au plafond et cette chaude musique dorée, et déjà, dans les coins, ces constructions de braise, quand ma chambre s'était bien emplie de cette magique odeur de fumée et de résine, je quittais d'un bond un ami pour l'autre, je courais de mon lit à mon feu, j'allais vers le plus généreux, et je ne sais pas très bien si je m'y rôtissais le ventre ou m'y réchauffais le cœur. Entre deux tentations, lâchement, j'avais cédé à la plus forte, à la plus rutilante, à celle qui, avec sa fanfare et ses éclairs, faisait le mieux sa publicité.

Ainsi j'avais trois fois, pour allumer mon feu d'abord, me recoucher, et revenir récolter la moisson des flammes, j'avais trois fois, les dents claquantes, franchi les steppes vides et glacées de ma chambre, et connu quelque chose des expéditions polaires. J'avais marché à travers le désert vers une escale bienheureuse, et j'en étais récompensé par ce grand feu, qui dansait devant moi, pour moi, sa danse de chien de berger.

Ça n'a l'air de rien, cette histoire. Or, c'était une grande aventure. Ma chambre me montrait, en transparence, ce que je n'aurais jamais su y découvrir si j'avais, un jour, en touriste, visité cette ferme. Elle ne m'aurait livré que son vide banal à peine meublé d'un lit, d'un pot à eau et d'une mauvaise cheminée. J'y aurais bâillé quelques minutes. Comment eussé-je distingué l'une de l'autre ses trois provinces, ses trois civilisations, celle du sommeil, celle du feu, celle du désert? Comment aurais-je pressenti l'aventure du corps, qui est d'abord un corps d'enfant accroché au sein maternel et accueilli et protégé, puis un corps de soldat, bâti pour souffrir, puis un corps d'homme enrichi de joie par la civilisation du feu, lequel est le pôle de la tribu. Le feu honore l'hôte et honore ses camarades. S'ils visitent leur ami ils prennent leur part de son festin, tirent leur chaise autour de la sienne, et, lui parlant des problèmes du jour, des inquiétudes et des corvées, disent en se frottant les mains et en bourrant leur pipe : « Un feu, tout de même, ça fait plaisir! »

Mais il n'est plus de feu pour me faire croire à la tendresse. Il n'est plus de chambre glacée pour me faire croire à l'aventure. Je me réveille du songe. Il n'est plus qu'un vide absolu. Il n'est plus qu'une extrême vieillesse. Il n'est plus qu'une voix qui me dit, celle de Dutertre obstiné dans son vœu chimérique :

— Un peu de pied à gauche, mon Capitaine...

XII

Je fais correctement mon métier. N'empêche que je suis un équipage de défaite. Je trempe dans la défaite. La défaite suinte de partout, et j'en tiens un signe dans ma main même.

Les manettes des gaz sont gelées. Je suis condamné à tourner plein régime. Et voici que mes deux tronçons de ferraille me posent des problèmes inextricables.

Sur l'avion que je pilote, l'augmentation du pas de mes hélices est limitée beaucoup trop bas. Je ne puis prétendre, si je pique plein régime, éviter une vitesse de près de huit cents kilomètres-heure et l'emballement de mes moteurs. Or, l'emballement d'un moteur entraîne des risques de rupture.

Il me serait, à la rigueur, possible de couper les contacts. Mais je m'infligerais ainsi une panne définitive. Cette panne entraînerait l'échec de la mission et la perte éventuelle de l'avion. Tous les terrains ne sont pas favorables à l'atterrissage d'un appareil qui prend contact avec le sol à cent quatre-vingts kilomètres-heure.

Il est donc essentiel que je déverrouille les manettes. A la suite d'un premier effort je viens à bout de celle de gauche. Mais celle de droite résiste toujours.

Il me serait maintenant possible d'effectuer ma descente à une vitesse de vol tolérable, si je réduisais du moins le moteur sur lequel déjà je puis agir, le moteur de gauche. Mais si je réduis le moteur de gauche, il me faudra compenser la traction latérale du moteur de droite, laquelle tendra évidemment à faire pivoter l'avion vers la gauche. Il me faudra résister à cette rotation. Or, le palonnier, dont dépend cette manœuvre, est, lui aussi, entièrement gelé. Il m'est donc interdit de rien compenser. Si je réduis le moteur de gauche, je pars en vrille.

Je n'aurai donc d'autre ressource que de prendre le risque de dépasser, au cours de ma descente, le régime théorique de rupture. Trois mille cinq cents tours : danger de rupture.

Tout cela est absurde. Rien n'est au point. Notre monde est fait de rouages qui ne s'ajustent pas les uns aux autres. Ce ne sont point les matériaux qui sont en cause, mais l'Horloger. L'Horloger manque.

Après neuf mois de guerre, nous n'avons pas encore réussi à faire adapter, par les industries dont elles dépendent, les mitrailleuses et les commandes au climat de la haute altitude. Et ce n'est pas à l'incurie des hommes que nous nous heurtons. Les hommes, pour la plupart, sont honnêtes et consciencieux. Leur inertie, presque toujours, est un effet, et non une cause, de leur inefficacité.

L'inefficacité pèse sur nous tous comme une fatalité. Elle pèse sur les fantassins armés de baïonnettes face à des tanks. Elle pèse sur les équipages qui luttent un contre dix. Elle pèse sur ceux-là mêmes qui devraient avoir pour mission de modifier mitrailleuses et commandes.

Nous vivons dans le ventre aveugle d'une administration. Une administration est une machine. Plus une administration est perfectionnée, plus elle élimine l'arbitraire humain. Dans une administration parfaite, où l'homme joue un rôle d'engrenage, la paresse, la malhonnêteté, l'injustice n'ont plus l'occasion de sévir.

Mais, de même que la machine est bâtie pour administrer une succession de mouvements prévus une fois pour toutes, de même l'administration ne crée point non plus. Elle gère. Elle applique telle sanction à telle faute, telle solution à tel problème.

Une administration n'est pas conçue pour résoudre des problèmes neufs. Si dans une machine à emboutir, on introduit des pièces de bois, il n'en sortira point des meubles. Il faudrait, pour que la machine s'adaptât, qu'un homme disposât du droit de la bousculer. Mais dans une administration, conçue pour parer aux inconvénients de l'arbitraire humain, les engrenages refusent l'intervention de l'homme. Ils refusent l'Horloger.

Je fais partie du Groupe 2/33 depuis novembre. Mes camarades, dès mon arrivée, m'ont averti :

— Tu te promèneras en Allemagne sans mitrailleuses ni commandes.

Puis, pour me consoler.

— Rassure-toi. Tu n'y perds rien. Les chasseurs vous abattent toujours avant qu'on les ait aperçus.

En mai, six mois plus tard, les mitrailleuses et les commandes gèlent encore.

Je songe à une formule vieille comme mon pays : « En France, quand tout semble perdu, un miracle sauve la France. » J'ai compris pourquoi. Il est arrivé parfois qu'un désastre ayant détraqué la belle machine administrative, et celle-ci s'étant avérée irréparable, on lui a substitué, faute de mieux, de simples hommes. Et les hommes ont tout sauvé.

Quand une torpille aura réduit en cendres le ministère de l'Air, on convoquera, dans l'urgence, n'importe quel caporal, et on lui dira :

— Vous êtes chargé de dégeler les commandes. Vous avez tous les droits. Débrouillez-vous. Mais si dans quinze jours elles gèlent encore, vous irez au bagne.

Les commandes peut-être, alors, dégèleront.

Je connais cent illustrations de cette tare. Les commissions de réquisition d'un département du Nord, par exemple, ont réquisitionné des génisses pleines, et transformé ainsi les abattoirs en cimetière de fœtus. Aucun rouage de la machine, aucun colonel du service des réquisitions n'avait qualité pour agir autrement que comme rouage. Ils obéissaient tous à un autre rouage, comme dans une montre. Toute révolte était inutile. C'est pourquoi cette machine, une fois qu'elle a commencé de se détraquer, s'est employée allégrement à abattre des génisses pleines. Peut-être était-ce un moindre mal. Elle eût pu, se détraquant plus gravement, commencer d'abattre des colonels.

Je me sens découragé jusqu'à la moelle par ce délabrement universel. Mais comme il me paraît inutile de faire sauter, bientôt, l'un de mes moteurs, j'exerce contre la manette de gauche une nouvelle pesée. Dans mon dégoût, j'exagère l'effort. Puis j'abandonne. Cet effort m'a coûté une nouvelle pointe au cœur. Décidément, l'homme n'est pas bâti pour faire de la culture physique à dix mille mètres d'altitude. Cette pointe est une douleur en sourdine, une sorte de conscience locale bizarrement réveillée dans la nuit des organes.

Les moteurs sauteront s'ils le veulent. Moi je m'en fous. Je m'efforce de respirer. Il me semble que je ne respirerais plus si je me laissais distraire. Je me souviens des soufflets d'autrefois à l'aide desquels on ranimait le feu. Je ranime mon feu. Je voudrais bien le décider à « prendre ».

Qu'ai-je abîmé d'irréparable? A dix mille mètres un effort physique un peu rude peut entraîner un déchirement des muscles du cœur. C'est très fragile, un cœur. Ça doit servir longtemps. Il est absurde de le compromettre pour des travaux aussi grossiers. C'est comme si l'on brûlait des diamants pour cuire une pomme.

XIII

C'est comme si l'on brûlait tous les villages du Nord sans retarder par leur destruction, ne fût-ce que d'une demi-journée, l'avance allemande. Et cependant cette provision de villages, ces vieilles églises, ces vieilles maisons, et toute leur cargaison de souvenirs, et leurs beaux parquets de noyer verni, et le beau linge de leurs armoires, et les dentelles de leurs fenêtres, qui avaient servi, jusqu'à aujourd'hui, sans s'abîmer — voici que, de Dunkerque à l'Alsace, je les vois qui brûlent.

Brûler est un grand mot quand on observe de dix mille mètres, car, sur les villages, comme sur les forêts, il n'est rien qu'une fumée immobile, une sorte de gelée blanchâtre. Le feu n'est plus qu'une digestion secrète. A l'échelle des dix mille mètres le temps est comme ralenti, puisqu'il n'est plus de mouvement. Il n'est plus de flammes craquantes, de poutres qui éclatent, de tourbillons de fumée noire. Il n'est rien que ce lait grisâtre figé dans l'ambre.

Va-t-on guérir cette forêt? Va-t-on guérir ce village? Observé d'où je suis, le feu ronge avec la lenteur d'une maladie.

Ici encore il est beaucoup à dire. « Nous ne ferons pas d'économie de villages. » J'ai entendu le mot. Et le mot était nécessaire. Un village, au cours d'une guerre, n'est pas un nœud de traditions. Aux mains de l'ennemi il n'est plus qu'un nid à rats. Tout change de sens. Ainsi tels arbres, vieux de trois cents ans, abritaient votre vieille maison de famille. Mais ils gênent le champ de tir d'un lieutenant de vingt-deux ans. Il expédie donc une quinzaine d'hommes anéantir, chez vous, l'œuvre du temps. Il consomme, pour une action de dix minutes, trois cents années de patience et de soleil, trois cents années de religion de la maison, et de fiançailles sous les ombrages du parc. Vous lui dites :

— Mes arbres!

Il ne vous entend pas. Il fait la guerre. Il a raison.

Mais voilà que l'on brûle les villages pour jouer le jeu de la guerre, de même que l'on démantibule les parcs, et sacrifie les équipages, de même que l'on engage l'infanterie contre les tanks. Et il règne un inexprimable malaise. Car rien ne sert à rien.

L'ennemi a reconnu une évidence, et il l'exploite. Les hommes occupent peu de place dans l'immensité des terres. Il faudrait cent millions de soldats pour dresser une muraille continue. Donc entre les troupes il est des trous. Ces trous sont annulés, en principe, par la mobilité des troupes, mais, du point de vue de l'engin blindé, une armée adverse peu motorisée est comme immobile. Les trous constituent donc des ouvertures véritables. D'où cette règle simple d'emploi tactique : « La division blindée doit agir comme l'eau. Elle doit peser légèrement contre la paroi de l'adversaire et progresser là seulement où elle ne rencontre point de résistance. » Les tanks pèsent ainsi contre la paroi. Il est toujours des trous. Ils passent toujours.

Or ces raids de tanks qui circulent aisément, faute de chars à leur opposer, entraînent des conséquences irréparables, bien qu'ils n'opèrent que des destructions en apparence superficielles (telles que captures d'états-majors locaux, ruptures de lignes téléphoniques, incendies de villages). Ils ont joué le rôle d'agents chimiques qui détruiraient, non l'organisme, mais les nerfs et les ganglions. Sur le territoire qu'ils ont balayé en éclair, toute armée, même si elle apparaît comme presque intacte, a perdu caractère d'armée. Elle s'est transformée en grumeaux indépendants. Là où il existait un organisme, il n'est plus qu'une somme d'organes dont les liaisons sont rompues. Entre les grumeaux — aussi combatifs que soient les hommes — l'ennemi progresse ensuite comme il le désire. Une armée cesse d'être efficace quand elle n'est plus qu'une somme de soldats.

On ne fabrique pas un matériel en quinze jours. Ni même... La course aux armements ne pouvait être que perdante. Nous nous trouvions quarante millions d'agriculteurs face à quatre-vingts millions d'industriels!

Nous opposons à l'ennemi un homme contre trois. Un avion contre dix ou vingt, et, depuis Dunkerque, un tank contre cent. Nous n'avons pas le loisir de méditer sur le passé. Nous assistons au présent. Le présent est tel. Aucun sacrifice, jamais, nulle part, n'est susceptible de ralentir l'avance allemande.

Aussi règne-t-il du sommet à la base des hiérarchies civiles et militaires, du plombier au ministre, du soldat au général, une sorte de mauvaise conscience qui ne sait ni n'ose se formuler. Le sacrifice perd toute grandeur s'il n'est plus qu'une parodie ou un suicide. Il est beau de se sacrifier : quelques-uns meurent pour que les autres soient sauvés. On fait la part du feu dans l'incendie. On lutte jusqu'à la mort, dans le camp retranché, pour donner leur temps aux sauveteurs. Oui, mais le feu, quoi qu'on fasse, prendra toutes les parts. Mais il n'est point de camp où se retrancher. Mais il n'est point à espérer de sauveteurs. Et ceux pour lesquels on combat, pour lesquels on prétend combattre, il semble que, tout simplement, on provoque leur assassinat, car l'avion, qui écrase les villes à l'arrière des troupes, a changé la guerre.

J'entendrai des étrangers reprocher plus tard à la France les quelques ponts qui n'auront pas sauté, les quelques villages qui n'auront pas brûlé et les hommes qui ne seront pas morts. Mais c'est le contraire, c'est exactement le contraire qui me frappe si fort. C'est notre immense bonne volonté à nous boucher les yeux et les oreilles. C'est notre lutte désespérée contre l'évidence. Malgré que rien ne puisse servir à rien, nous faisons sauter les ponts quand même, pour jouer le jeu. Nous brûlons de vrais villages, pour jouer le jeu. C'est pour jouer le jeu que nos hommes meurent.

Bien sûr, on en oublie! On oublie des ponts, on oublie des villages, on laisse vivre des hommes. Mais le drame de cette déroute est d'enlever toute signification aux actes. Quiconque fait sauter un pont ne peut le faire sauter qu'avec dégoût. Ce soldat ne retarde pas l'ennemi : il fabrique un pont en ruine. Il abîme son pays pour en tirer une belle caricature de guerre!

Pour que les actes soient fervents, il faut que leur signification apparaisse. Il est beau de brûler des moissons qui enseveliront l'ennemi sous leurs cendres. Mais l'ennemi, appuyé sur ses cent soixante divisions, se moque bien de nos incendies et de nos morts.

Il faut que la signification de l'incendie

du village équilibre la signification du village. Or le rôle du village brûlé n'est plus qu'une caricature de rôle.

Il faut que la signification de la mort équilibre la mort. Les hommes se battent-ils bien ou mal? C'est la question même qui n'a point de sens! La défense théorique d'un bourg, on sait qu'elle tiendra trois heures! Les hommes cependant ont ordre de s'y maintenir. Sans moyen pour combattre, ils sollicitent eux-mêmes l'ennemi de détruire ce village, afin que soient respectées les règles du jeu de la guerre. Comme l'aimable adversaire aux échecs : « Tu as oublié de prendre ce pion... »

On défiera donc l'ennemi :

— Nous sommes les défenseurs de ce village. Vous êtes l'assaillant. Allez-y!

La question est entendue. Une escadrille, d'un coup de talon, écrase le village.

— Bien joué!

Il est certes des hommes inertes, mais l'inertie est une forme fruste du désespoir. Il est certes aussi des hommes qui fuient. Le commandant Alias lui-même, deux ou trois fois, a menacé de son revolver des épaves mornes, rencontrées sur les routes, et qui répondaient de travers à ses questions. On a tellement envie de tenir sous la main le responsable d'un désastre, et, le supprimant, de tout sauver! Les hommes en fuite sont responsables de la fuite, puisqu'il n'y aurait point de fuite sans hommes en fuite. Si donc on braque son revolver, tout ira bien... Mais il s'agit bien là d'enterrer les malades pour supprimer la maladie. Le commandant Alias, en fin de compte, rentrait en poche son revolver, ce revolver ayant pris tout à coup, à ses propres yeux, un aspect trop pompeux, comme un sabre d'opéra-comique. Alias sentait bien que ces soldats mornes étaient des effets du désastre, et non des causes.

Alias sait bien que ces hommes sont les mêmes, exactement les mêmes, que ceux qui, ailleurs, aujourd'hui encore, acceptent de mourir. Cent cinquante mille, depuis quinze jours, ont accepté. Mais il est de fortes têtes qui exigent qu'on leur fournisse un bon prétexte.

Il est difficile de le formuler.

Le coureur va courir la course de sa vie contre des coureurs de sa classe. Mais il s'aperçoit, dès le départ, qu'il traîne au pied un boulet de forçat. Les concurrents sont légers comme des ailes. La lutte ne signifie plus rien. L'homme abandonne :

— Ça ne compte pas...

— Mais si! Mais si!...

Qu'inventer pour décider l'homme à tout engager de soi-même, quand même, dans une course qui n'est plus une course?

Alias connaît bien ce que pensent les soldats. Ils pensent aussi :

— Ça ne compte pas...

Alias rentre son revolver et cherche une bonne réponse.

Il n'est qu'une bonne réponse. Une seule. Je défie quiconque d'en trouver une autre :

— Votre mort ne changera rien. La défaite est consommée. Mais il convient qu'une défaite se manifeste par des morts. Ce doit être un deuil. Vous êtes de service pour jouer le rôle.

— Bien, mon Commandant.

Alias ne méprise pas les fuyards. Il sait trop bien que sa bonne réponse a toujours suffi. Il accepte lui-même la mort. Tous ses équipages acceptent la mort. Il a suffi, pour nous aussi, de cette bonne réponse, à peine déguisée :

— C'est bien embêtant... Mais ils y tiennent à l'état-major. Ils y tiennent beaucoup... c'est comme ça...

— Bien, mon Commandant.

Je crois très simplement que ceux qui sont morts servent de caution aux autres.

XIV

J'ai tellement vieilli que j'ai tout laissé en arrière. Je regarde la grande plaque miroitante de ma vitrine. Là-dessous sont les hommes. Des infusoires sur une lamelle de microscope. Peut-on s'intéresser aux drames de famille des infusoires?

N'était cette douleur au cœur qui me semble vivante, je sombrerais dans des rêveries vagues, comme un tyran vieilli. Voilà dix minutes j'inventais cette histoire de figurant. C'était faux à vomir. Lorsque j'ai aperçu les chasseurs ai-je songé à de tendres soupirs? J'ai songé à des guêpes pointues. Ça oui. Elles étaient minuscules, ces saletés.

J'ai pu inventer sans dégoût cette image de robe à traîne! Je n'ai pas songé à une robe à traîne, pour la bonne raison que mon propre sillage, je ne l'ai jamais aperçu! De cette carlingue où je suis emboîté comme une pipe dans un étui, il m'est impossible de rien observer en arrière de moi. Je regarde en arrière par les yeux de mon mitrailleur. Et encore! Si les laryngophones ne sont pas en panne! Et mon mitrailleur ne m'a jamais dit : « Voilà des prétendants amoureux de nous, qui suivent notre robe à traîne... »

Il n'est plus là que scepticisme et jonglerie. Certes j'aimerais croire, j'aimerais lutter, j'aimerais vaincre. Mais on a beau faire semblant de croire, de lutter et de vaincre en incendiant ses propres villages, il est bien difficile d'en tirer quelque exaltation.

Il est difficile d'exister. L'homme n'est qu'un nœud de relations, et voilà que mes liens ne valent plus grand-chose.

Qu'y a-t-il en moi qui soit en panne? Quel est le secret des échanges? D'où vient qu'en d'autres circonstances ce qui m'est maintenant abstrait et lointain me puisse bouleverser? D'où vient qu'une parole, un geste, puissent faire des ronds à n'en plus finir, dans une destinée? D'où vient que, si je suis Pasteur, le jeu des infusoires eux-mêmes pourra me devenir pathétique au point qu'une lamelle de microscope m'apparaîtra comme un territoire autrement vaste que la forêt vierge, et me permettra de vivre, penché sur elle, la plus haute forme de l'aventure?

D'où vient que ce point noir qui est une maison d'hommes, là en bas...

Et il me revient un souvenir.

Lorsque j'étais petit garçon... je remonte loin dans mon enfance. L'enfance, ce grand territoire d'où chacun est sorti! D'où suis-je? Je suis de mon enfance. Je suis de mon enfance comme d'un pays. Donc, quand j'étais petit garçon, j'ai vécu un soir une drôle d'expérience.

J'avais cinq ou six ans. Il était huit heures. Huit heures, l'heure où les enfants doivent dormir. Surtout l'hiver, car il fait nuit. Cependant on m'avait oublié.

Or il était au rez-de-chaussée de cette grande maison de campagne un vestibule qui me paraissait immense, et sur lequel donnait la pièce chaude où nous, les enfants, nous dînions. J'avais toujours craint ce vestibule, à cause peut-être de la faible lampe qui, vers le centre, le tirait à peine hors de sa nuit, un signal plutôt qu'une lampe, à cause des hautes boiseries qui craquaient dans le silence, à cause aussi du froid. Car on y débouchait, de pièces lumineuses et chaudes, comme dans une caverne.

Mais ce soir-là, me voyant oublié, je cédai au démon du mal, me hissai sur la pointe des pieds jusqu'à la poignée de la porte, la poussai doucement, débouchai dans le vestibule, et m'en fus, en fraude, explorer le monde.

Le craquement des boiseries, cependant, me parut un avertissement de la colère céleste. J'apercevais vaguement, dans la pénombre, les grands panneaux réprobateurs. N'osant poursuivre, je fis tant bien que mal l'ascension d'une console, et, le dos appuyé contre le mur, je demeurai là, les jambes pendantes, le cœur battant, comme le font tous les naufragés, sur leur récif, en pleine mer.

C'est alors que s'ouvrit la porte d'un salon, et que deux oncles, lesquels m'inspiraient une terreur sacrée, refermant cette porte derrière eux sur le brouhaha et les lumières, commencèrent de déambuler dans le vestibule.

Je tremblais d'être découvert. L'un d'eux, Hubert, était pour moi l'image de la sévérité. Un délégué de la justice divine. Cet homme, qui n'eût jamais donné une chiquenaude à un enfant, me répétait, en fronçant des sourcils terribles, à l'occasion de chacun de mes crimes : « La prochaine fois que j'irai en Amérique, j'en rapporterai une machine à fouetter. On a tout perfectionné en Amérique. C'est pourquoi les enfants, là-bas, sont la sagesse même. Et c'est aussi un grand repos pour les parents... »

Moi, je n'aimais pas l'Amérique.

Or, voici qu'ils déambulaient, sans m'apercevoir, de long en large, le long de ce vestibule glacial et interminable. Je les suivais des yeux et des oreilles, retenant mon souffle, pris de vertige. « L'époque présente », disaient-ils... Et ils s'éloignaient, avec leur secret pour grandes personnes, et je me répétais : « L'époque présente... » Puis ils revenaient comme une marée qui eût, de nouveau, roulé vers moi ses indéchiffrables trésors. « C'est insensé, disait l'un à l'autre, c'est positivement insensé... » Je ramassais la phrase comme un objet extraordinaire. Et je répétais lentement, pour essayer le pouvoir de ces mots sur ma conscience de cinq ans : « C'est insensé, c'est positivement insensé... »

Donc la marée éloignait les oncles. La marée les ramenait. Ce phénomène, qui m'ouvrait sur la vie des perspectives encore mal éclairées, se reproduisait avec une régularité stellaire, comme un phénomène de gravitation. J'étais bloqué sur ma console, pour l'éternité, auditeur clandestin d'un conciliabule solennel, au cours duquel mes deux oncles, qui savaient tout, collaboraient à la création du monde. La maison pouvait tenir encore mille ans, deux oncles, mille années durant, battant le long du vestibule avec la lenteur d'un pendule d'horloge, continueraient d'y donner le goût de l'éternité.

Ce point que je regarde est sans doute une maison d'hommes à dix kilomètres sous moi. Et je n'en reçois rien. Cependant il s'agit là, peut-être, d'une grande maison de campagne, où deux oncles font les cent pas, et bâtissent lentement, dans une conscience d'enfant, quelque chose d'aussi fabuleux que l'immensité des mers.

Je découvre de mes dix mille mètres un territoire de l'envergure d'une province, et cependant tout s'est rétréci jusqu'à m'étouffer. Je dispose ici de moins d'espace que je n'en disposais dans ce grain noir.

J'ai perdu le sentiment de l'étendue. Je suis aveugle à l'étendue. Mais j'en ai comme soif. Et il me semble toucher ici une commune mesure de toutes les aspirations de tous les hommes.

Quand un hasard éveille l'amour, tout s'ordonne dans l'homme selon cet amour, et l'amour lui apporte le sentiment de l'étendue. Quand j'habitais le Sahara, si des Arabes, surgissant la nuit autour de nos feux, nous avertissaient de menaces lointaines, le désert se nouait et prenait un sens. Ces messagers avaient bâti son étendue. Ainsi de la musique quand elle est belle. Ainsi d'une simple odeur de vieille armoire, quand elle réveille et noue les souvenirs. Le pathétique, c'est le sentiment de l'étendue.

Mais je comprends aussi que rien de ce qui concerne l'homme ne se compte, ni ne se mesure. L'étendue véritable n'est point pour l'œil, elle n'est accordée qu'à l'esprit. Elle vaut ce que vaut le langage, car c'est le langage qui noue les choses.

Il me semble désormais entrevoir mieux ce qu'est une civilisation. Une civilisation est un héritage de croyances, de coutumes et de connaissances, lentement acquises au cours des siècles, difficiles parfois à justifier par la logique, mais qui se justifient d'elles-mêmes, comme des chemins, s'ils conduisent quelque part, puisqu'elles ouvrent à l'homme son étendue intérieure.

Une mauvaise littérature nous a parlé du besoin d'évasion. Bien sûr, on s'enfuit en voyage à la recherche de l'étendue. Mais l'étendue ne se trouve pas. Elle se fonde. Et l'évasion n'a jamais conduit nulle part.

Quand l'homme a besoin, pour se sentir homme, de courir des courses, de chanter en chœur, ou de faire la guerre, ce sont déjà des liens qu'il s'impose afin de se nouer à autrui et au monde. Mais combien pauvres! Si une civilisation est forte, elle comble l'homme, même si le voilà immobile.

Dans telle petite ville silencieuse, sous la grisaille d'un jour de pluie, j'aperçois une infirme cloîtrée qui médite contre sa fenêtre. Qui est-elle? Qu'en a-t-on fait? Je jugerai, moi, la civilisation de la petite ville à la densité de cette présence. Que valons-nous une fois immobiles?

Dans le dominicain qui prie il est une présence dense. Cet homme n'est jamais plus homme que quand le voilà prosterné et immobile. Dans Pasteur qui retient son souffle au-dessus de son microscope, il est une présence dense. Pasteur n'est jamais plus homme que quand il observe. Alors il progresse. Alors il se hâte. Alors il avance à pas de géant, bien qu'immobile, et il découvre l'étendue. Ainsi Cézanne immobile et muet, en face de son ébauche, est d'une présence inestimable. Il n'est jamais plus homme que lorsqu'il se tait, éprouve et juge. Alors sa toile lui devient plus vaste que la mer.

Étendue accordée par la maison d'enfance, étendue accordée par ma chambre d'Orconte, étendue accordée à Pasteur par le champ de son microscope, étendue ouverte par le poème, autant de biens fragiles et merveilleux que seule une civilisation distribue, car l'étendue est pour l'esprit, non pour les yeux, et il n'est point d'étendue sans langage.

Mais comment ranimer le sens de mon langage, à l'heure où tout se confond? Où les arbres du parc sont à la fois navire pour les générations d'une famille, et simple écran qui gêne l'artilleur. Où le pressoir des bombardiers, qui pèse lourdement sur les villes, a fait couler un peuple entier le long des routes, comme un jus noir. Où la France montre le désordre sordide d'une fourmilière éventrée. Où l'on lutte, non contre un adversaire palpable, mais contre des palonniers qui gèlent, des manettes qui coincent, des boulons qui foirent...

— Pouvez descendre!

Je puis descendre. Je descendrai. J'irai sur Arras à basse altitude. J'ai mille années de civilisation derrière moi pour m'y aider. Mais elles ne m'y aident point. Ce n'est pas l'heure, sans doute, des récompenses.

A huit cents kilomètres-heure et à trois mille cinq cent trente tours-minute, je perds mon altitude.

J'ai quitté, en virant, un soleil polaire exagérément rouge. Devant moi, à cinq ou six kilomètres au-dessous de moi, j'aperçois une banquise de nuages à front rectiligne. Toute une partie de la France est ensevelie dans leur ombre. Arras est dans leur ombre. J'imagine qu'au-dessous de ma banquise tout est noirâtre. Il s'agit là du ventre d'une grande soupière où mijote la guerre. Embouteillage de routes, incendies, matériels épars, villages écrasés, pagaille... immense pagaille. Ils s'agitent dans l'absurde, sous leur nuage, comme des cloportes sous leur pierre.

Cette descente ressemble à une ruine. Il nous faudra patauger dans leur boue. Nous retournons à une sorte de barbarie délabrée. Tout se décompose, là en bas! Nous sommes semblables à de riches voyageurs qui, ayant vécu longtemps dans des pays à corail et à palmes, reviennent, une fois ruinés, partager, dans la médiocrité natale, les plats graisseux d'une famille avare, l'aigreur des querelles intestines, les huissiers, la mauvaise conscience des soucis d'argent, les faux espoirs, les déménagements honteux, les arrogances d'hôtelier, la misère et la mort puante à l'hôpital. Elle est propre ici au moins la mort! Une mort de glace et de feu. De soleil, de ciel, de glace et de feu. Mais, là en bas, cette digestion par la glaise!

XV

— Cap au Sud, Capitaine. Notre altitude, ferions mieux de la liquider en zone française!

A regarder ces routes noires, que déjà je puis observer, je comprends la paix. Dans la paix tout est bien enfermé en soi-même. Au village, le soir, rentrent les villageois. Dans les greniers rentrent les graines. Et l'on range le linge plié dans les armoires. Aux heures de paix, on sait où trouver chaque objet. On sait où joindre chaque ami. On sait aussi où l'on ira dormir le soir. Ah! la paix meurt quand le canevas se délabre, quand on n'a plus de place au monde, quand on ne sait plus où joindre qui l'on aime, quand l'époux qui va sur la mer n'est pas rentré.

La paix est lecture d'un visage qui se montre à travers les choses, quand elles ont reçu leur sens et leur place. Quand elles font partie de plus vaste qu'elles, comme les minéraux disparates de la terre

une fois qu'ils sont noués dans l'arbre.
Mais voici la guerre.

Je survole donc des routes noires de l'interminable sirop qui n'en finit plus de couler. On évacue, dit-on, les populations. Ce n'est déjà plus vrai. Elles s'évacuent d'elles-mêmes. Il est une contagion démente dans cet exode. Car où vont-ils, ces vagabonds? Ils se mettent en marche vers le Sud, comme s'il était, là-bas, des logements et des aliments, comme s'il était, là-bas, des tendresses pour les accueillir. Mais il n'est, dans le Sud, que des villes pleines à craquer, où l'on couche dans les hangars et dont les provisions s'épuisent. Où les plus généreux se font peu à peu agressifs à cause de l'absurde de cette invasion qui, peu à peu, avec la lenteur d'un fleuve de boue, les engloutit. Une seule province ne peut ni loger ni nourrir la France!

Où vont-ils? Ils ne savent pas! Ils marchent vers des escales fantômes, car à peine cette caravane aborde-t-elle une oasis, que déjà il n'est plus d'oasis. Chaque oasis craque à son tour, et à son tour se déverse dans la caravane. Et si la caravane aborde un vrai village qui fait semblant de vivre encore, elle en épuise, dès le premier soir, toute la substance. Elle le nettoie comme les vers nettoient un os.

L'ennemi progresse plus vite que l'exode.

Des voitures blindées, en certains points, doublent le fleuve qui, alors, s'empâte et reflue. Il est des divisions allemandes qui pataugent dans cette bouillie, et l'on rencontre ce paradoxe surprenant qu'en certains points ceux-là mêmes qui tuaient ailleurs, donnent à boire.

Nous avons cantonné, au cours de la retraite, dans une dizaine de villages successifs. Nous avons trempé dans la tourbe lente qui lentement traversait ces villages :

— Où allez-vous?

— On ne sait pas.

Jamais ils ne savaient rien. Personne ne savait rien. Ils évacuaient. Aucun refuge n'était plus disponible. Aucune route n'était plus praticable. Ils évacuaient quand même. On avait donné dans le Nord un grand coup de pied dans la fourmilière, et les fourmis s'en allaient. Laborieusement. Sans panique. Sans espoir. Sans désespoir. Comme par devoir.

— Qui vous a donné l'ordre d'évacuer?

C'était toujours le maire, l'instituteur ou l'adjoint au maire. Le mot d'ordre, un matin, vers trois heures, avait soudain bousculé le village :

— On évacue.

Ils s'y attendaient. Depuis quinze jours qu'ils voyaient passer des réfugiés, ils renonçaient à croire en l'éternité de leur maison. L'homme, cependant, depuis longtemps, avait cessé d'être nomade. Il se bâtissait des villages qui duraient des siècles. Il polissait des meubles qui servaient aux arrière-petits-enfants. La maison familiale le recevait à sa naissance, et le transportait jusqu'à la mort, puis, comme un bon navire, d'une rive à l'autre, elle faisait à son tour passer le fils. Mais fini d'habiter! On s'en allait, sans même connaître pourquoi!

XVI

Elle est lourde, notre expérience de la route! Nous avons parfois pour mission de jeter un coup d'œil, au cours d'une même matinée, sur l'Alsace, la Belgique, la Hollande, le Nord de la France et la mer. Mais la plus grande part de nos problèmes sont terrestres, et notre horizon, le plus souvent, se rétrécit jusqu'à se limiter à l'embouteillage d'un carrefour! Ainsi, voici trois jours à peine, nous avons vu craquer, Dutertre et moi, le village que nous habitions.

Je ne me débarrasserai sans doute jamais de ce souvenir gluant. Dutertre et moi, vers six heures du matin, nous nous heurtons en sortant de chez nous à un désordre inexprimable. Tous les garages, tous les hangars, toutes les granges ont vomi dans les rues étroites les engins les plus disparates, les voitures neuves et les vieux chars qui depuis cinquante ans dormaient, périmés, dans la poussière, les charrettes à foin et les camions, les omnibus et les tombereaux. On trouverait dans cette foire, si l'on cherchait bien, des diligences! Toutes les caisses montées sur roues sont exhumées. On y vide les maisons de leurs trésors. Vers les voitures, dans des draps crevés de hernies, ils sont charriés pêle-mêle. Et voici qu'ils ne ressemblent plus à rien.

Ils composaient le visage de la maison. Ils étaient les objets d'un culte de religions particulières. Chacun bien à sa place, rendu nécessaire par les habitudes, embelli par les souvenirs, valait par la patrie intime qu'il contribuait à fonder. Mais on les a crus précieux par eux-mêmes, on les a arrachés à leur cheminée, à leur table, à leur mur, on les a entassés en vrac, et il n'est plus là qu'objets de bazar qui montrent leur usure. Les reliques pieuses, si on les entasse, soulèvent le cœur!

Devant nous quelque chose déjà se décompose.

— Vous êtes fous, ici! Que se passe-t-il?

La patronne du café où nous nous rendons hausse les épaules :

— On évacue.

— Pourquoi? Bon Dieu!

— On ne sait pas. Le maire l'a dit.

Elle est très occupée. Elle s'engouffre dans l'escalier. Nous contemplons la rue, Dutertre et moi. A bord des camions, des autos, des charrettes, des chars à bancs, c'est un mélange d'enfants, de matelas et d'ustensiles de cuisine.

Les vieilles autos surtout sont pitoyables. Un cheval bien d'aplomb entre les brancards d'une charrette donne une sensation de santé. Un cheval n'exige point de pièces de rechange. Une charrette, avec trois clous on la répare. Mais tous ces vestiges d'une ère mécanique! Ces assemblages de pistons, de soupapes, de magnétos et d'engrenages, jusqu'à quand fonctionneront-ils?

— ... Capitaine... pourriez pas m'aider?

— Bien sûr. A quoi?

— A sortir ma voiture de la grange...

Je la regarde avec stupéfaction :

— Vous... vous ne savez pas conduire?

— Oh!... sur la route ça ira... c'est moins difficile...

Il y a elle, la belle-sœur et les sept enfants...

Sur la route! Sur la route elle progressera de vingt kilomètres par jour, par étapes de deux cents mètres! Tous les deux cents mètres, il lui faudra freiner, stopper, débrayer, embrayer, changer de vitesse dans la confusion d'un embouteillage inextricable. Elle cassera tout! Et l'essence qui manquera! Et l'huile! Et l'eau même qu'elle oubliera :

— Attention à l'eau. Votre radiateur fuit comme un panier.

— Ah! La voiture n'est pas neuve...

— Il vous faudrait rouler huit jours... comment le pourrez-vous?

— Je ne sais pas...

Avant dix kilomètres d'ici, elle aura déjà tamponné trois voitures, grippé son débrayage, crevé ses pneus. Alors elle, la belle-sœur et les sept enfants commenceront de pleurer. Alors elle, la belle-sœur et les sept enfants, soumis à des problèmes au-dessus de leurs forces, renonceront à décider quoi que ce soit, et s'assiéront sur le bord de la route pour attendre un berger. Mais les bergers...

Ça... Ça manque étonnamment de bergers! Nous assistons, Dutertre et moi, à des initiatives de moutons. Et ces moutons s'en vont dans un formidable tintamarre de matériel mécanique. Trois mille pistons. Six mille soupapes. Tout ce matériel grince, racle et cogne. L'eau bout dans quelques radiateurs. C'est ainsi que commence de se mettre en marche, laborieusement, cette caravane condamnée! Cette caravane sans pièces de rechange, sans pneus, sans essence, sans mécaniciens. Quelle démence!

— Vous ne pourriez pas rester chez vous?

— Ah! oui qu'on aimerait mieux rester chez nous!

— Alors pourquoi partir?

— On nous l'a dit...

— Qui vous l'a dit?

— Le maire...

Toujours le maire.

— Bien sûr. On aimerait tous mieux rester chez nous.

C'est exact. Nous ne respirons point

ici une atmosphère de panique, mais une atmosphère de corvée aveugle. Dutertre et moi nous en profitons pour en secouer quelques-uns :

— Vous feriez mieux de débarquer tout ça. Vous boirez au moins l'eau de vos fontaines...

— Sûr qu'on ferait mieux!...

— Mais vous êtes libres!

Nous avons gagné la partie. Un groupe s'est formé. On nous écoute. On hoche la tête pour approuver.

— ... a bien raison le capitaine!

Je suis relayé par des disciples. J'ai converti un cantonnier qui se fait plus ardent que moi :

— J'ai toujours dit! Une fois sur route on broutera du macadam.

Ils discutent. Ils tombent d'accord. Ils resteront. Quelques-uns s'éloignent pour en prêcher d'autres. Mais voici qu'ils reviennent découragés :

— Ça ne va pas. Nous sommes obligés de partir aussi.

— Pourquoi?

— Le boulanger est parti. Qui fera le pain?

Le village est déjà détraqué. Il a crevé ici ou là. Tout coulera par le même trou. C'est sans espoir.

Dutertre a son idée :

— Le drame, c'est qu'on a fait croire aux hommes que la guerre était anormale. Autrefois ils restaient chez eux. La guerre et la vie, ça se mêlait...

La patronne réapparaît. Elle traîne un sac.

— Nous décollons dans trois quarts d'heure... Auriez-vous un peu de café?

— Ah! mes pauvres garçons...

Elle s'éponge les yeux. Oh! elle ne pleure pas sur nous. Ni sur elle-même non plus. Elle pleure déjà d'épuisement. Elle se sent déjà engloutie dans le délabrement d'une caravane qui, à chaque kilomètre, se détraquera un peu plus.

Plus loin, au hasard des campagnes, de temps à autre, des chasseurs ennemis volant bas cracheront une rafale de mitrailleuses sur ce lamentable troupeau. Mais le plus étonnant est que, d'ordinaire, ils n'insistent pas. Quelques voitures flambent, mais peu. Et peu de morts. C'est une sorte de luxe, quelque chose comme un conseil. Ou le geste du chien qui mord au jarret pour accélérer le troupeau. Ici pour y semer le désordre. Mais alors pourquoi ces actions locales, sporadiques, qui pèsent à peine? L'ennemi se donne peu de mal pour détraquer la caravane. Il est vrai qu'elle n'a pas besoin de lui pour se détraquer. La machine se détraque spontanément. La machine est conçue pour une société paisible, étale, qui dispose de tout son temps. La machine, quand l'homme n'est plus là pour la rafistoler, la régler, la badigeonner, vieillit à une allure vertigineuse. Ces voitures, ce soir, paraîtront âgées de mille années.

Il me semble assister à l'agonie de la machine.

Celui-là fouette son cheval avec la majesté d'un roi. Il trône, épanoui, sur son siège. Je suppose d'ailleurs qu'il a bu un coup :

— Vous avez l'air content, vous!

— C'est la fin du monde!

J'éprouve un sourd malaise à me dire que tous ces travailleurs, toutes ces petites gens, aux fonctions si bien définies, aux qualités si diverses et si précieuses, ne seront plus, ce soir, que parasites et vermine.

Ils vont se répandre sur les campagnes et les dévorer.

— Qui vous nourrira?

— On ne sait pas...

Comment ravitailler les millions d'émigrants perdus le long des routes où l'on circule à l'allure de cinq à vingt kilomètres par jour? Si le ravitaillement existait, il serait impossible de l'acheminer!

Ce mélange d'humanité et de ferraille me fait me souvenir du désert de Libye. Nous habitions, Prévot et moi, un paysage inhabitable, vêtu de pierres noires qui brillaient au soleil, un paysage tendu d'une écorce de fer...

Et je considère ce spectacle avec une sorte de désespoir : un vol de sauterelles qui s'abat sur du macadam vit-il longtemps?

— Et vous attendrez qu'il pleuve, pour boire?

— On ne sait pas...

Leur village, depuis dix jours, était inlassablement traversé par des réfugiés du Nord. Ils ont assisté, dix jours durant, à cet intarissable exode. Leur tour est venu. Ils prennent leur place dans la procession. Oh! sans confiance :

— Moi, j'aimerais mieux mourir chez moi.

— On aimerait tous mieux mourir chez nous.

Et c'est exact. Le village tout entier s'écroule comme un château de sable, quand nul ne souhaitait partir.

Si la France possédait des réserves, l'acheminement de ces réserves serait radicalement empêché par l'embouteillage des routes. On peut, à la rigueur, malgré les voitures en panne, les voitures imbriquées les unes dans les autres, les nœuds inextricables des carrefours, descendre avec le flot, mais comment le remonterait-on?

— Il n'y a point de réserves, me dit Dutertre, ça arrange tout...

Le bruit court que, depuis hier, le gouvernement a interdit les évacuations de villages. Mais les ordres se propagent Dieu sait comment, car il n'est plus, sur route, de circulation possible. Quant aux circuits téléphoniques, ils sont embouteillés, coupés ou suspects. Et puis il ne s'agit point de donner des ordres. Il s'agit de réinventer une morale.

On enseigne aux hommes, depuis mille années, que la femme et l'enfant doivent être soustraits à la guerre. La guerre concerne les hommes. Les maires connaissent bien cette loi, et leurs adjoints, et les instituteurs. Brusquement, ils reçoivent l'ordre d'interdire les évacuations, c'est-à-dire de contraindre les femmes et les enfants à demeurer sous les bombardements. Il leur faudrait un mois pour rajuster leur conscience à ces temps nouveaux. On ne renverse pas d'un coup tout un système de penser. Or, l'ennemi progresse. Aussi les maires, les adjoints, les instituteurs lâchent-ils leur peuple sur la grand-route. Que faut-il faire? Où est la vérité? Et s'en vont ces moutons sans berger.

— Il n'y a pas un médecin ici?

— Vous n'êtes pas du village?

— Non. Nous, on vient de plus au Nord.

— Pourquoi un médecin?

— C'est ma femme qui va accoucher dans la charrette...

Parmi les batteries de cuisine, dans le désert de cette ferraille universelle, comme sur des ronces.

— Vous ne pouviez pas le prévoir?

— Ça fait quatre jours qu'on est en route.

Car la route est un fleuve impérieux. Où s'arrêter? Les villages, qu'elle balaie, l'un après l'autre, s'y vident d'eux-mêmes, comme s'ils crevaient à leur tour dans l'égout commun.

— Non, il n'y a pas de médecin. Celui du Groupe est à vingt kilomètres.

— Ah! bon.

L'homme s'éponge le visage. Tout se délabre. Sa femme accouche au milieu de la rue dans les batteries de cuisine. Rien de tout cela n'est cruel. C'est d'abord, avant tout, monstrueusement en dehors de l'humain. Personne ne se plaint, les plaintes n'ont plus de signification. Sa femme va mourir, il ne se plaint pas. C'est ainsi. Il s'agit là d'un mauvais songe.

— Si, au moins, on pouvait s'arrêter quelque part...

Trouver quelque part un véritable village, une véritable auberge, un véritable hôpital... mais on évacue aussi les hôpitaux, Dieu sait pourquoi! C'est une règle du jeu. On n'a pas le temps de réinventer les règles. Trouver quelque part une mort véritable! Mais il n'est plus de véritable mort. Il est des corps qui se détraquent, comme les automobiles.

Et je sens partout une urgence usée, une urgence qui a renoncé à l'urgence. On fuit, à l'allure de cinq kilomètres par jour, des tanks qui progressent, à travers champs, de plus de cent kilomètres, et des avions qui se déplacent à six cents kilomètres-heure. Ainsi fuit le sirop quand on renverse la bouteille. La femme de celui-là accouche, mais il dispose d'un temps démesuré. C'est urgent. Et cela ne l'est plus. C'est suspendu en équilibre instable entre l'urgence et l'éternité.

Tout s'est fait lent comme des réflexes d'agonisant. Il s'agit d'un immense troupeau qui piétine, fourbu, devant l'abattoir. Sont-ils cinq, dix millions livrés au macadam? C'est un peuple qui piétine de fatigue et d'ennui, au seuil de l'éternité.

Et véritablement je ne puis concevoir comment ils se débrouilleront pour survivre. L'homme ne se nourrit pas de branches d'arbre. Ils s'en doutent eux-mêmes vaguement, mais s'épouvantent à peine. Arrachés à leur cadre, à leur travail, à leurs devoirs, ils ont perdu toute signification. Leur identité elle-même s'est usée. Ils sont très peu eux-mêmes. Ils existent très peu. Ils s'inventeront plus tard leurs souffrances mais ils souffrent surtout de reins meurtris par trop de paquets à charrier, par trop de nœuds qui ont craqué laissant les draps se vider de leurs tripes, par trop de voitures à pousser pour les mettre en marche.

Pas un mot sur la défaite. Cela est évident. Vous n'éprouvez pas le besoin de commenter ce qui constitue votre substance même. Ils « sont » la défaite.

J'ai la vision soudaine, aiguë, d'une France qui perd ses entrailles. Il faudrait vite recoudre. Il n'est pas une seconde à perdre : ils sont condamnés...

Ça commence. Les voilà asphyxiés déjà, comme des poissons hors de l'eau :

— Il n'y a pas de lait ici?...

C'est à mourir de rire, cette question!

— Mon petit n'a rien bu depuis hier...

Il s'agit d'un nourrisson de six mois qui fait encore beaucoup de bruit. Mais ce bruit ne durera pas : les poissons, hors de l'eau... Ici il n'est point de lait. Ici il n'est que de la ferraille. Il n'est ici qu'une énorme ferraille inutile qui, en se délabrant à chaque kilomètre, en perdant des écrous, des vis, des plaques de tôle, charrie ce peuple, dans un exode prodigieusement inutile, vers le néant.

La rumeur se répand que des avions mitraillent la route à quelques kilomètres au Sud. On parle même de bombes. Nous entendons en effet des explosions sourdes. La rumeur sans doute est exacte.

Mais la foule ne s'en effraie pas. Elle me paraît même un peu vivifiée. Ce risque concret lui paraît plus sain que l'engloutissement dans la ferraille.

Ah! le schéma que bâtiront plus tard les historiens! Les axes qu'ils inventeront pour donner une signification à cette bouillie! Ils prendront le mot d'un ministre, la décision d'un général, la discussion d'une commission, et ils feront, de cette parade de fantômes, des conversations historiques avec responsabilités et vues lointaines. Ils inventeront des acceptations, des résistances, des plaidoyers cornéliens, des lâchetés. Moi, je sais bien ce qu'est un ministère évacué. Le hasard m'a permis de visiter l'un d'eux. J'ai aussitôt compris qu'un gouvernement, une fois qu'il a déménagé, ne constitue plus un gouvernement. C'est comme un corps. Si vous commencez de le déménager aussi — l'estomac là, le foie ici, les tripes ailleurs — cette collection ne constitue plus un organisme. J'ai vécu vingt minutes au ministère de l'Air. Eh bien, un ministre exerce une action sur son huissier! Une action miraculeuse. Parce qu'un fil de sonnerie relie encore le ministre à l'huissier. Un fil de sonnerie intact. Le ministre appuie sur un bouton, et l'huissier vient.

Ça, c'est une réussite.

— Ma voiture, demande le ministre.

Son autorité s'arrête ici. Il fait faire l'exercice à l'huissier. Mais l'huissier ignore s'il existe sur terre une automobile de ministre. Aucun fil électrique ne relie l'huissier à aucun chauffeur d'automobile. Le chauffeur est perdu quelque part dans l'univers. Que peuvent-ils, ceux qui gouvernent, connaître de la guerre? Il nous faudrait à nous, dès à présent, huit jours, tant les liaisons sont impossibles, pour déclencher une mission de bombardement sur une division blindée trouvée par nous. Quel bruit un gouvernant peut-il recevoir de ce pays qui se désentripaille? Les nouvelles progressent à l'allure de vingt kilomètres par jour. Les téléphones sont embouteillés ou détraqués, et n'ont pas le pouvoir de transmettre, dans sa densité, l'Être qui pour l'instant se décompose. Le gouvernement baigne dans le vide : un vide polaire. De temps à autre lui parviennent des appels d'une urgence désespérée, mais abstraits, réduits à trois lignes. Comment les responsables connaîtraient-ils si dix millions de Français ne sont pas déjà morts de faim? Et cet appel de dix millions d'hommes tient dans une phrase. Il faut une phrase pour dire :

— Rendez-vous à quatre heures chez X.

Ou :

— On dit que dix millions d'hommes sont morts.

Ou :

— Blois est en feu.

Ou :

— On a retrouvé votre chauffeur.

Tout ça sur le même plan. D'emblée. Dix millions d'hommes. La voiture. L'armée de l'Est. La civilisation occidentale. On a retrouvé le chauffeur. L'Angleterre. Le pain. Quelle heure est-il?

Je vous donne sept lettres. Ce sont sept lettres de la Bible. Reconstituez-moi la Bible avec ça!

Les historiens oublieront le réel. Ils inventeront des êtres pensants, reliés par des fibres mystérieuses à un univers exprimable, disposant de solides vues d'ensemble, et pesant des décisions graves selon les quatre règles de la logique cartésienne. Ils distingueront les puissances du bien des puissances du mal. Les héros des traîtres. Mais je poserai une simple question :

— Il faut, pour trahir, être responsable de quelque chose, gérer quelque chose, agir sur quelque chose, connaître quelque chose. C'est faire aujourd'hui preuve de génie. Pourquoi ne décore-t-on pas les traîtres?

Déjà la paix un peu partout se montre. Ce n'est pas une de ces paix bien dessinées, qui succèdent, comme des étapes neuves de l'Histoire, à des guerres clairement conclues par traité. Il s'agit d'une période sans nom qui est la fin de toute chose. Une fin qui n'en finira plus de finir. Il s'agit d'un marécage où s'enlise peu à peu tout élan. On ne sent pas l'approche d'une conclusion bonne ou mauvaise. Bien au contraire. On entre peu à peu dans le pourrissement d'un provisoire qui ressemble à l'éternité. Rien ne se conclura, car il n'est plus de nœud par lequel saisir le pays, comme l'on saisirait une noyée, le poing noué à sa chevelure. Tout s'est défait. Et l'effort le plus pathétique ne ramène qu'une mèche de cheveux. La paix qui vient n'est pas le fruit d'une décision prise par l'homme. Elle gagne sur place comme une lèpre.

Là, au-dessous de moi, sur ces routes où

la caravane se délabre, où les blindées allemandes tuent ou versent à boire, il en est comme de ces territoires fangeux où la terre et l'eau se confondent. La paix, qui déjà se mêle à la guerre, pourrit la guerre.

Un de mes amis, Léon Werth, a entendu sur la route un mot immense, qu'il racontera dans un grand livre. A gauche de la route sont les Allemands, à droite les Français. Entre les deux, le tourbillon lent de l'exode. Des centaines de femmes et d'enfants qui se dépêtrent, comme ils peuvent, de leurs voitures en feu. Et, comme un lieutenant d'artillerie qui se trouve malgré lui imbriqué dans l'embouteillage tente de mettre en batterie une pièce de soixante-quinze sur laquelle tiraille l'ennemi — et comme l'ennemi manque la pièce mais fauche la route — des mères vont à ce lieutenant qui, ruisselant de sueur, obstiné par son incompréhensible devoir, tente de sauver une position qui ne tiendra pas vingt minutes (ils sont ici douze hommes!) :

— Allez-vous-en! Allez-vous-en! Vous êtes des lâches!

Le lieutenant et les hommes s'en vont. Ils se heurtent partout à ces problèmes de paix. Il faut, certes, que les petits ne soient pas massacrés sur la route. Or chaque soldat qui tire doit tirer dans le dos d'un enfant. Chaque camion qui progresse, ou qui tente de progresser, risque de condamner un peuple. Car, en progressant contre le courant, il embouteille inexorablement une route entière.

— Vous êtes fous! Laissez-nous passer! Les enfants meurent!

— Nous, on fait la guerre...

— Quelle guerre? Où faites-vous la guerre? En trois jours, dans cette direction, vous avancerez de six kilomètres!

Ce sont quelques soldats perdus dans leur camion, en marche vers un rendez-vous qui depuis des heures déjà, sans doute, n'a plus d'objet. Mais ils sont enfoncés dans leur devoir élémentaire :

— On fait la guerre...

— ... feriez mieux de nous recueillir! C'est inhumain!

Un enfant hurle.

— Et celui-là...

Celui-là ne crie plus. Point de lait, point de cris.

— Nous, on fait la guerre...

Ils répètent leur formule avec une stupidité désespérée.

— Mais vous ne la rencontrerez jamais, la guerre! Vous crèverez ici avec nous!

— On fait la guerre...

Ils ne savent plus très bien ce qu'ils disent. Ils ne savent plus très bien s'ils font la guerre. Ils n'ont jamais vu l'ennemi. Ils roulent en camion vers des buts plus fuyants que des mirages. Ils ne rencontrent que cette paix de pourrissoir.

Comme le désordre a tout agglutiné, ils

sont descendus de leur camion. On les entoure :

— Vous avez de l'eau?...

Ils partagent donc leur eau.

— Du pain?...

Ils partagent leur pain.

— Vous la laissez crever?

Dans cette voiture en panne déménagée dans le fossé, il est une femme qui râle.

On la dégage. On l'enfourne dans le camion.

— Et cet enfant?

On enfourne l'enfant aussi dans le camion.

— Et celle-là qui va accoucher?

On enfourne celle-là.

Puis cette autre parce qu'elle pleure.

Après une heure d'efforts on a dégagé le camion. On l'a retourné vers le Sud. Il suivra, emporté par lui, bloc erratique, le fleuve de civils. Les soldats ont été convertis à la paix. Parce qu'ils ne trouvaient pas la guerre.

Parce qu'est invisible la musculature de guerre. Parce que le coup que vous donnez, c'est un enfant qui le reçoit. Parce qu'au rendez-vous de guerre vous butez sur des femmes qui accouchent. Parce qu'il est aussi vain de prétendre communiquer un renseignement, ou recevoir un ordre, que d'entamer une discussion avec Sirius. Il n'est plus d'armée. Il n'est que des hommes.

Ils sont convertis à la paix. Ils sont changés par la force des choses en mécaniciens, médecins, gardiens de troupeaux, brancardiers. Ils leur réparent leurs voitures, à ces petites gens qui ne savent point guérir leur ferraille. Et ces soldats ignorent, dans la peine qu'ils se donnent, s'ils sont des héros, ou s'ils sont passibles du conseil de guerre. Ils ne s'étonneraient guère d'être décorés. Ni d'être alignés contre un mur avec douze balles dans le crâne. Ni d'être démobilisés. Rien ne les étonnerait. Ils ont franchi depuis longtemps les limites de l'étonnement.

Il est une immense bouillie où aucun ordre, aucun mouvement, aucune nouvelle, aucune onde de quoi que ce soit puisse jamais se propager au-delà de trois kilomètres. Et, de même que les villages croulent l'un après l'autre dans l'égout commun, de même ces camions militaires, absorbés par la paix, se convertissent un à un à la paix. Ces poignées d'hommes qui eussent parfaitement accepté la mort — mais il ne se pose point à eux le problème de mourir — acceptent les devoirs qu'ils rencontrent, et réparent ce brancard de vieille carriole, où trois religieuses ont empilé pour Dieu sait quel pèlerinage, vers Dieu sait quel refuge de conte de fées, douze petits enfants menacés de mort.

Semblable à Alias quand il rentrait en poche son revolver, je ne jugerai pas les soldats qui renoncent. Quel est le souffle qui les animerait? D'où vient l'onde qui les atteindrait? Où est le visage qui les unirait? Ils ne connaissent rien du reste du monde, sinon ces rumeurs toujours démentes qui, germées sur la route à trois ou quatre kilomètres, sous forme d'hypothèses saugrenues, ont pris, en se propageant lentement à travers ces trois kilomètres de bouillie, caractère d'affirmation: «Les États-Unis sont entrés en guerre. Le pape s'est suicidé. Les avions russes ont incendié Berlin. L'armistice est signé depuis trois jours. Hitler a débarqué en Angleterre. »

Il n'est point de berger pour les femmes ou pour les enfants, mais il n'en est point non plus pour les hommes. Le général atteint son ordonnance. Le ministre atteint son huissier. Et peut-être peut-il, par son éloquence, le transfigurer. Alias atteint ses équipages. Et il peut tirer d'eux le sacrifice de leur vie. Le sergent du camion militaire atteint les douze hommes qui dépendent de lui. Mais il lui est impossible de se souder à quoi que ce soit d'autre. A supposer qu'un chef génial, capable par miracle d'un coup d'œil d'ensemble, conçoive un plan susceptible de nous sauver, ce chef ne disposera pour se manifester que d'un fil de sonnerie de vingt mètres. Et, comme masse de manœuvre pour vaincre, il disposera de l'huissier, s'il subsiste encore un huissier à l'autre extrémité du fil.

Quand vont au hasard des routes ces soldats épars qui font partie d'unités disloquées, ces hommes qui ne sont plus que des chômeurs de guerre, ils ne montrent pas ce désespoir que l'on prête au vaincu patriote. Ils souhaitent confusément la paix, c'est exact. Mais la paix, à leurs yeux, ne représente rien d'autre que le terme de cette innommable pagaille, et le retour à une identité, fût-elle la plus humble. Tel ancien cordonnier rêve qu'il plantait des clous. En plantant des clous il forgeait le monde.

Et s'ils s'en vont droit devant eux, c'est par l'effet de l'incohérence générale qui les divise les uns d'avec les autres, et non par horreur de la mort. Ils n'ont horreur de rien : ils sont vides.

XVII

Il est une loi fondamentale : on ne change pas sur place des vaincus en vainqueurs. Quand on parle d'une armée qui d'abord recule, puis résiste, il ne s'agit là que d'un raccourci de langage, car les troupes qui ont reculé, et celles qui maintenant engagent la bataille, ne sont pas les mêmes. L'armée qui reculait n'était plus une armée. Non que ces hommes-là fussent indignes de vaincre, mais parce qu'un recul détruit tous les liens, et matériels et spirituels, qui nouaient les hommes entre eux. A cette somme de soldats qu'on laisse filtrer vers l'arrière, on substitue donc des réserves neuves qui ont caractère d'organisme. Ce sont elles qui bloquent l'ennemi. Quant aux fuyards, on les récolte pour les repétrir en forme d'armée. S'il n'est point de réserves à jeter dans l'action, le premier recul est irréparable.

La victoire seule noue. La défaite non seulement divise l'homme d'avec les hommes, mais elle le divise d'avec lui-même. Si les fuyards ne pleurent pas sur la France qui croule, c'est parce qu'ils sont vaincus. C'est parce que la France est défaite, non autour d'eux, mais en eux-mêmes. Pleurer sur la France serait déjà être vainqueur.

A presque tous, à ceux qui résistent encore comme à ceux-là qui ne résistent plus, le visage de la France vaincue ne se montrera que plus tard, aux heures de silence. Chacun s'use aujourd'hui contre un détail vulgaire qui se révolte ou se délabre, contre un camion en panne, contre une route embouteillée, contre une manette des gaz qui coince, contre l'absurde d'une mission. Le signe de l'écroulement est que la mission se fasse absurde. C'est que se fasse absurde l'acte même qui s'oppose à l'écroulement. Car tout se divise contre soi-même. On ne pleure pas sur le désastre universel, mais sur l'objet dont on est responsable, qui seul est tangible, et qui se détraque. La France qui croule n'est plus qu'un déluge de morceaux dont aucun ne montre un visage; ni cette mission, ni ce camion, ni cette route, ni cette saloperie de manette des gaz.

Certes une débâcle est triste spectacle. Les hommes bas s'y montrent bas. Les pillards se révèlent pillards. Les institutions se délabrent. Les troupes, gavées d'écœurement et de fatigue, se décomposent dans l'absurde. Tous ces effets, une défaite les implique comme la peste implique le bubon. Mais celle que vous aimiez, si un camion l'écrase, irez-vous critiquer sa laideur?

Cette apparence de coupables qu'elle prête aux victimes, voilà bien là l'injustice de la défaite. Comment la défaite montrerait-elle les sacrifices, les austérités dans le devoir, les rigueurs envers soi, les vigilances dont le Dieu qui décide du sort des combats n'a pas tenu compte? Comment montrerait-elle l'amour? La défaite montre les chefs sans pouvoir, les hommes en vrac, les foules passives. Il y eut souvent carence véritable mais, cette carence même, que signifie-t-elle? Il suffisait que courût la nouvelle d'un revirement russe ou d'une intervention américaine pour transfigurer les hommes. Pour les nouer dans un espoir commun. Une telle rumeur, chaque fois, a tout purifié, comme un coup de vent de mer. Il ne faut pas juger la France sur les effets de l'écrasement.

Il faut juger la France sur son consentement au sacrifice. La France a accepté la guerre contre la vérité des logiciens. Ils nous disaient : « Il est quatre-vingts millions d'Allemands. Nous ne pouvons pas faire dans l'année les quarante millions de Français qui nous manquent. Nous ne pouvons pas changer notre terre à blé en terre à charbon. Nous ne pouvons pas espérer l'assistance des États-Unis. Pourquoi les Allemands, en réclamant Dantzig, nous imposeraient-ils le devoir, non de sauver Dantzig, c'est impossible, mais de nous suicider pour éviter la honte? Quelle honte y a-t-il à posséder une terre qui forme plus de blé que de machines, et à se compter un contre deux? Pourquoi la honte pèserait-elle sur nous, et non sur le monde? » Ils avaient raison. Guerre, pour nous, signifiait désastre. Mais fallait-il que la France, pour s'épargner une défaite, refusât la guerre? Je ne le crois pas. La France, d'instinct, jugeait de même, puisque de tels avertissements ne l'ont point détournée de cette guerre. L'Esprit, chez nous, a dominé l'Intelligence.

La vie, toujours, fait craquer les formules. La défaite peut se révéler le seul chemin vers la résurrection, malgré ses laideurs. Je sais bien que pour créer l'arbre on condamne une graine à pourrir. Le premier acte de résistance, s'il survient trop tard, est toujours perdant. Mais il est éveil de la résistance. Un arbre peut-être sortira de lui comme d'une graine.

La France a joué son rôle. Il consistait pour elle à se proposer à l'écrasement, puisque le monde arbitrait sans collaborer ni combattre, et à se voir ensevelir pour un temps dans le silence. Quand on donne l'assaut, il est nécessairement des hommes en tête. Ceux-là meurent presque toujours. Mais il faut, pour que l'assaut soit, que les premiers meurent.

Ce rôle est celui qui a prévalu, puisque nous avons accepté, sans illusion, d'opposer un soldat à trois soldats et nos agriculteurs à des ouvriers! Je refuse d'être jugé sur les laideurs de la débâcle! Celui-là qui accepte de brûler en vol, le jugera-t-on sur ses boursouflures? Lui aussi enlaidira.

XVIII

N'empêche que cette guerre, en dehors du sens spirituel qui nous la faisait nécessaire, nous est apparue, dans l'exécution, comme une drôle de guerre. Le mot ne m'a jamais fait honte. A peine avions-nous déclaré la guerre, nous commencions d'attendre, faute d'être en mesure d'attaquer, que l'on voulût bien nous anéantir!

C'est fait.

Nous avons disposé de gerbes de blé pour vaincre des tanks. Les gerbes de blé n'ont rien valu. Et aujourd'hui l'anéantissement est consommé. Il n'est plus ni armée, ni réserves, ni liaisons, ni matériel.

Cependant je poursuis mon vol avec un sérieux imperturbable. Je plonge vers l'armée allemande à huit cents kilomètres-heure et à trois mille cinq cent trente tours-minute. Pourquoi? Tiens! Pour l'épouvanter! Pour qu'elle évacue le territoire! Puisque les renseignements souhaités de nous sont inutiles, cette mission ne peut avoir un autre but.

Drôle de guerre.

J'exagère d'ailleurs. J'ai perdu beaucoup d'altitude. Les commandes et les manettes se sont dégelées. J'ai repris, en palier, ma vitesse normale. Je fonce vers l'armée allemande à cinq cent trente kilomètres-heure seulement et à deux mille deux cents tours-minute. C'est dommage. Je lui ferai bien moins peur.

On nous reprochera d'appeler cette guerre une drôle de guerre!

Ceux qui appellent cette guerre une « drôle de guerre », c'est nous! Autant la trouver drôle. Nous avons le droit de la plaisanter comme il nous plaît parce que, tous les sacrifices, nous les prenons à notre compte. J'ai le droit de plaisanter ma mort, si la plaisanterie me réjouit. Dutertre aussi. J'ai le droit de savourer les paradoxes. Car pourquoi ces villages flambent-ils encore? Pourquoi cette population est-elle jetée en vrac sur le trottoir? Pourquoi fonçons-nous, avec une conviction inébranlable, vers un abattoir automatique?

J'ai tous les droits, car, en cette seconde, je connais bien ce que je fais. J'accepte la mort. Ce n'est pas le risque que j'accepte. Ce n'est pas le combat que j'accepte. C'est la mort. J'ai appris une grande vérité. La guerre, ce n'est pas l'acceptation du risque. Ce n'est pas l'acceptation du combat. C'est, à certaines heures, pour le combattant, l'acceptation pure et simple de la mort.

PP

PP

Ces jours-ci, à l'heure où l'opinion étrangère jugeait insuffisants nos sacrifices, je me suis demandé, en regardant partir et s'anéantir les équipages : « A quoi nous donnons-nous, qui nous paie encore? »

Car nous mourons. Car cent cinquante mille Français depuis quinze jours sont déjà morts. Ces morts n'illustrent peut-être pas une résistance extraordinaire. Je ne célèbre point une résistance extraordinaire. Elle est impossible. Mais il est des paquets de fantassins qui se font massacrer dans une ferme indéfendable. Il est des Groupes d'aviation qui fondent comme une cire jetée au feu.

Ainsi, nous, du Groupe 2/33, pourquoi acceptons-nous encore de mourir? Pour l'estime du monde? Mais l'estime implique l'existence d'un juge. Qui d'entre nous accorde à quiconque le droit de juger? Nous luttons au nom d'une cause dont nous estimons qu'elle est cause commune. La liberté, non seulement de la France, mais du monde, est en jeu : nous estimons trop confortable le poste d'arbitre. C'est nous qui jugeons les arbitres. Ceux de mon Groupe 2/33 jugent les arbitres. Que l'on ne vienne pas nous dire, à nous qui partons sans un mot avec une chance contre trois de revenir (lorsque la mission est facile) — ni à ceux des autres Groupes — ni à cet ami dont un éclat d'obus a détruit le visage, qui a ainsi renoncé pour la vie à jamais émouvoir une femme, frustré d'un droit fondamental aussi bien qu'on en est frustré derrière les murs d'une prison, bien à l'abri dans sa laideur, bien installé dans sa vertu, derrière le rempart de sa laideur, que l'on ne vienne pas nous dire que les spectateurs nous jugent! Les toréadors vivent pour les spectateurs, nous ne sommes pas des toréadors. Si l'on affirmait à Hochedé : « Tu dois partir parce que les témoins te considèrent », Hochedé répondrait : « Il y a erreur. C'est moi, Hochedé, qui considère les témoins... »

Car, après tout, pourquoi combattons-nous encore? Pour la Démocratie? Si nous mourons pour la Démocratie nous sommes solidaires des Démocraties. Qu'elles combattent donc avec nous! Mais la plus puissante, celle qui aurait pu, seule, nous sauver, s'est récusée hier, et se récuse aujourd'hui encore. Bon. C'est son droit. Mais elle nous signifie ainsi que nous combattons pour nos seuls intérêts. Or nous savons bien que tout est perdu. Alors pourquoi mourons-nous encore?

Par désespoir? Mais il n'est point de désespoir! Vous ne connaissez rien d'une défaite si vous vous attendez à y découvrir du désespoir.

Il est une vérité plus haute que les énoncés de l'intelligence. Quelque chose passe à travers nous et nous gouverne, que je subis sans le saisir encore. Un arbre n'a point de langage. Nous sommes d'un arbre. Il est des vérités qui sont évidentes bien qu'informulables. Je ne meurs point pour m'opposer à l'invasion, car il n'est point d'abri où me retrancher avec ceux que j'aime. Je ne meurs point pour sauver un honneur dont je refuse qu'il soit en jeu : je récuse les juges. Je ne meurs point non plus par désespoir. Et cependant Dutertre, qui consulte la carte, ayant calculé qu'Arras loge là-bas, quelque part au cent soixante-quinze, me dira, je le sens, avant trente secondes :

— Cap au cent soixante-quinze, mon Capitaine...

Et j'accepterai.

XIX

— Cent soixante-douze.

— Entendu. Cent soixante-douze.

Va pour cent soixante-douze. Épitaphe : « A maintenu correctement cent soixante-douze au compas. » Combien de temps ce défi bizarre tiendra-t-il? Je navigue à sept cent cinquante mètres d'altitude sous le plafond de lourds nuages. Si je m'élevais de trente mètres, Dutertre, déjà, serait aveugle. Il nous faut demeurer bien visibles, et offrir ainsi au tir allemand une cible pour écoliers. Sept cents mètres est une altitude interdite. On sert de point de mire à toute une plaine. On draine le tir de toute une armée. On est accessible à tous les calibres. On demeure une éternité dans le champ de tir de chacune des armes. Ce n'est plus du tir, c'est du bâton. C'est comme si l'on défiait mille bâtons d'abattre une noix.

J'ai bien étudié le problème : il n'est pas question de parachute. Quand l'avion avarié plongera vers le sol, l'ouverture de la trappe de départ occupera, à elle seule, plus de secondes que la chute n'en accordera. Cette ouverture exige sept tours d'une manivelle qui résiste. Au surplus, à pleine vitesse, la trappe se déforme et ne coulisse pas.

C'est ainsi. Fallait bien l'avaler un jour, cette médecine! Le cérémonial n'est pas compliqué : maintenir cent soixante-douze au compas. J'ai eu tort de vieillir. Voilà. J'étais si heureux dans l'enfance. Je le dis, mais est-ce vrai? Je marchais déjà dans mon vestibule à cent soixante-douze au compas. A cause des oncles.

C'est maintenant qu'elle se fait douce, l'enfance. Non seulement l'enfance, mais toute la vie passée. Je la vois dans sa perspective, comme une campagne...

Et il me semble que je suis un. Ce que j'éprouve, je l'ai toujours connu. Mes joies ou mes tristesses ont sans doute changé d'objet, mais les sentiments sont restés les mêmes. J'étais ainsi heureux ou malheureux. J'étais puni ou pardonné. Je travaillais bien. Je travaillais mal. Cela dépendait des jours...

Mon plus lointain souvenir? J'avais une gouvernante tyrolienne qui s'appelait Paula. Mais ce n'est même pas un souvenir : c'est le souvenir d'un souvenir. Paula, lorsque j'avais cinq ans, dans mon vestibule, n'était déjà plus qu'une légende. Pendant des années ma mère nous a dit, à l'époque du nouvel an : « Il y a une lettre de Paula! » C'était une grande joie pour nous, les enfants.

Cependant pourquoi étions-nous heureux? Nul d'entre nous ne se souvenait de Paula. Elle était retournée à son Tyrol. Donc à sa maison tyrolienne. Une sorte de chalet-baromètre perdu dans la neige. Et Paula se montrait à la porte, les jours de soleil, comme dans tous les chalets-baromètres.

— Paula est jolie?

— Ravissante.

— Il fait souvent beau au Tyrol?

— Toujours.

Il faisait toujours beau au Tyrol. Le chalet-baromètre poussait Paula très loin, dehors, sur sa pelouse de neige. Lorsque j'ai su écrire, on m'a fait écrire des lettres à Paula. Je lui disais : « Ma chère Paula, je suis bien content de vous écrire... » C'était un peu comme des prières, puisque je ne la connaissais pas...

— Cent soixante-quatorze.

— Entendu. Cent soixante-quatorze.

Va pour cent soixante-quatorze. Faudra modifier l'épitaphe. C'est curieux comme d'un coup la vie s'est rassemblée. J'ai fait mes bagages de souvenirs. Ils ne serviront plus jamais à rien. Ni à personne. J'ai le souvenir d'un grand amour. Ma mère nous disait : « Paula écrit que l'on vous embrasse tous pour elle... » Et ma mère nous embrassait tous pour Paula.

— Paula sait que j'ai grandi?

— Bien sûr. Elle sait.

Paula savait tout.

— Mon Capitaine, ils tirent.

Paula, on me tire dessus! Je jette un coup d'œil à l'altimètre : six cent cinquante mètres. Les nuages sont à sept cents mètres. Bon. Je n'y puis rien. Mais sous mon nuage, le monde n'est pas noirâtre comme je croyais le pressentir : il est bleu. Merveilleusement bleu. C'est l'heure du crépuscule, et la plaine est bleue. Par endroits, il pleut. Bleue de pluie...

— Cent soixante-huit.

— Entendu. Cent soixante-huit.

Va pour cent soixante-huit. Il fait bien des zigzags le chemin vers l'éternité... Mais ce chemin, qu'il me paraît tranquille! Le monde ressemble à un verger. Tout à l'heure il se montrait dans la sécheresse d'une épure. Tout m'apparaissait inhumain. Mais je vole bas, dans une sorte d'intimité. Il y a des arbres isolés ou groupés, par petits paquets. On les rencontre. Et des champs verts. Et des maisons aux tuiles rouges avec quelqu'un devant la porte. Et de belles averses bleues tout autour. Paula, par ce temps-là, sans doute nous rentrait vite...

— Cent soixante-quinze.

Mon épitaphe perd beaucoup de sa rude noblesse : « A maintenu cent soixante-douze, cent soixante-quatorze, cent soixante-huit, cent soixante-quinze... » J'ai plutôt l'air versatile. Tiens! Mon moteur tousse! Il se refroidit. Je ferme donc les volets de capot. Bon. Comme c'est l'heure d'ouvrir le réservoir supplémentaire, je tire le levier. Je n'oublie rien? Je jette un coup d'œil sur la pression d'huile. Tout est en ordre.

— Ça commence à faire vilain, mon Capitaine...

Tu entends, Paula? Ça commence à faire vilain. Et cependant je ne puis pas ne pas m'étonner de ce bleu du soir. Il est tellement extraordinaire! Cette couleur est si profonde. Et ces arbres fruitiers, ces pruniers peut-être, qui défilent. Je suis entré dans ce paysage. Finies les vitrines! Je suis un maraudeur qui a sauté le mur. Je marche à grandes enjambées dans une luzerne mouillée et je vole des prunes. Paula, c'est une drôle de guerre. C'est une guerre mélancolique et toute bleue. Je me suis un peu égaré. J'ai trouvé cet étrange pays en vieillissant... Oh! non, je n'ai pas peur. C'est un peu triste, et voilà tout.

— Zigzaguez, Capitaine!

Ça, c'est un jeu nouveau, Paula! Un coup de pied à droite, un coup de pied à gauche, on déroute le tir. Quand je tombais je me faisais des bosses. Tu me les soignais sans doute avec des compresses d'arnica. Je vais avoir fameusement besoin d'arnica. Tu sais, quand même... c'est merveilleux le bleu du soir!

J'ai vu là, sur l'avant, trois coups de lance divergents. Trois longues tiges verticales et brillantes. Sillages de balles lumineuses ou d'obus lumineux de petit calibre.

C'était tout doré. J'ai vu brusquement, dans le bleu du soir, jaillir l'éclat de ce candélabre à trois branches...

— Capitaine! A gauche tirent très fort! Obliquez!

Coup de pied.

— Ah! ça s'aggrave...

Peut-être...

Ça s'aggrave, mais je suis à l'intérieur des choses. Je dispose de tous mes souvenirs et de toutes les provisions que j'ai faites, et de toutes mes amours. Je dispose de mon enfance qui se perd dans la nuit comme une racine. J'ai commencé la vie sur la mélancolie d'un souvenir... Ça s'aggrave, mais je ne reconnais rien en moi de ce que je pensais ressentir face à ces coups de griffe d'étoiles filantes.

Je suis dans un pays qui me touche au cœur. C'est la fin du jour. Il est de grands pans de lumière, entre les orages, sur la gauche, qui bâtissent des carrés de vitrail. Je palpe presque, de la main, à deux pas de moi, toutes les choses qui sont bonnes. Il y a ces pruniers à prunes. Cette terre à odeur de terre. Il doit être bon de marcher au travers des terres humides. Tu sais, Paula, j'avance doucement, en balançant de droite à gauche, comme un char à foin. Tu crois ça rapide, un avion... bien sûr, si tu réfléchis! Mais si tu oublies la machine, si tu regardes, tu te promènes tout simplement dans la campagne...

— Arras...

Oui. Très loin en avant. Mais Arras n'est pas une ville. Arras n'est rien d'autre qu'une mèche rouge sur fond bleu de nuit. Sur fond d'orage. Car décidément, à gauche et en face, c'est un fameux grain qui se prépare. Le crépuscule n'explique pas ce demi-jour. Il faut des massifs de nuages, pour filtrer une lumière aussi sombre...

La flamme d'Arras a grandi. Ce n'est pas une flamme d'incendie. Un incendie s'élargit comme un chancre, avec autour un simple rebord de chair vive. Mais cette mèche rouge, alimentée en permanence, est celle d'une lampe qui fumerait un peu. C'est une flamme sans nervosité, assurée de durer, bien installée sur sa provision d'huile. Je la sens pétrie d'une chair compacte, presque pesante, que le vent remue quelquefois comme il inclinerait un arbre. Voilà... un arbre. Cet arbre a pris Arras dans le réseau de ses racines. Et tous les sucs d'Arras, toutes les provisions d'Arras, tous les trésors d'Arras montent, changés en sève, pour nourrir l'arbre.

Je vois cette flamme parfois trop lourde perdre l'équilibre à droite ou à gauche, cracher une fumée plus noire, puis de nouveau se reconstruïre. Mais je ne distingue toujours pas la ville. Toute la guerre se résume à cette lueur. Dutertre dit que ça s'aggrave. Il observe, de l'avant, mieux que moi. N'empêche que je suis surpris d'abord par une sorte d'indulgence; cette plaine vénéneuse lance peu d'étoiles.

Oui mais...

Tu sais, Paula, dans les contes de fées de l'enfance, le chevalier marchait, à travers de terribles épreuves, vers un château mystérieux et enchanté. Il escaladait des glaciers. Il franchissait des précipices, il déjouait des trahisons. Enfin le château lui apparaissait, au cœur d'une plaine bleue, douce au galop comme une pelouse. Il se croyait déjà vainqueur... Ah! Paula, on ne trompe pas une vieille expérience des contes de fées! C'était toujours là le plus difficile...

Je cours ainsi vers mon château de feu, dans le bleu du soir, comme autrefois... Tu es partie trop tôt pour connaître nos jeux, tu as manqué le « chevalier Aklin ». C'était un jeu de notre invention, car nous méprisions les jeux des autres. Il se jouait les jours de grands orages, quand, après les premiers éclairs, nous sentions, à l'odeur des choses et au brusque tremblement des feuilles, que le nuage était près de crever. L'épaisseur des branchages se change alors, pour un instant, en mousse bruissante et légère. C'était là le signal... rien ne pouvait plus nous retenir!

Nous partions de l'extrême fond du parc en direction de la maison, au large des pelouses, à perdre haleine. Les premières gouttes des averses d'orage sont lourdes et espacées. Le premier touché s'avouait vaincu. Puis le second. Puis le troisième. Puis les autres. Le dernier survivant se révélait ainsi le protégé des dieux, l'invulnérable! Il avait droit, jusqu'au prochain orage, de s'appeler le « chevalier Aklin »...

Ç'avait été chaque fois, en quelques secondes, une hécatombe d'enfants...

Je joue encore au chevalier Aklin. Vers mon château de feu je cours lentement, à perdre haleine...

Mais voici que :

— Ah! Capitaine. Je n'ai jamais vu ça...

Je n'ai jamais vu ça non plus. Je ne suis plus invulnérable. Ah! je ne savais pas que j'espérais...

XX

Malgré les sept cents mètres, j'espérais. Malgré les parcs à tanks, malgré la flamme d'Arras, j'espérais. J'espérais désespérément. Je remontais dans ma mémoire jusqu'à l'enfance, pour retrouver le sentiment d'une protection souveraine. Il n'est point de protection pour les hommes. Une fois homme on vous laisse aller... Mais qui peut quelque chose contre le petit garçon dont une Paula toute-puissante tient la main bien enfermée? Paula, j'ai usé de ton ombre comme d'un bouclier...

J'ai usé de tous les trucs. Lorsque Dutertre m'a dit : « Ça s'aggrave... » j'ai usé, pour espérer, de cette menace même. Nous étions en guerre : il fallait bien que la guerre se montrât. Elle se réduisait, en se montrant, à quelques sillages de lumière : « Voilà donc ce fameux péril de mort sur Arras? Laissez-moi rire... »

Le condamné s'était fait du bourreau l'image d'un robot blême. Se présente un brave homme quelconque, qui sait éternuer, ou même sourire. Le condamné se raccroche au sourire comme à un chemin vers la délivrance... Ce n'est qu'un fantôme de chemin. Le bourreau, bien qu'en éternuant, tranchera cette tête. Mais comment refuser l'espérance?

Comment ne me serais-je pas trompé moi-même sur un certain accueil, puisque tout se faisait intime et campagnard, puisque luisaient si gentiment les ardoises mouillées et les tuiles, puisque rien ne changeait d'une minute à l'autre, ni ne semblait devoir changer. Puisque nous n'étions plus, Dutertre, le mitrailleur et moi, que trois promeneurs à travers champs, qui rentrent lentement sans avoir trop à relever le col, car véritablement il ne pleut guère. Puisque au cœur des lignes allemandes, rien ne se révélait qui méritât véritablement d'être raconté, et qu'il n'était point de raison absolue pour que, plus loin, la guerre fût autre. Puisqu'il semblait que l'ennemi se fût dispersé et comme fondu dans l'immensité des campagnes, à raison d'un soldat peut-être par maison, d'un soldat peut-être par arbre, dont l'un, de temps à autre, se souvenant de la guerre, tirait. On lui avait rabâché la consigne : « Tu tireras sur les avions... » La consigne se mêlait au songe. Il lâchait ses trois balles, sans trop y croire. J'ai chassé ainsi des canards, le soir, dont je me moquais bien si la promenade était un peu tendre. Je les tirais en parlant d'autre chose : ça ne les dérangeait guère...

On voit si bien ce que l'on voudrait voir : ce soldat m'ajuste, mais sans conviction, et il me manque. Les autres laissent passer. Ceux qui sont en mesure de nous donner des crocs-en-jambe respirent peut-être, en cet instant, avec plaisir, l'odeur du soir, ou allument des cigarettes, ou achèvent une plaisanterie — et ils laissent passer. D'autres, de ce village où ils cantonnent, tendent peut-être leur gamelle vers la soupe. Un grondement s'éveille et meurt. Est-il ami ou ennemi? Ils n'ont pas le temps de le connaître, ils surveillent leur gamelle qui s'emplit : ils laissent passer. Et moi je tente de traverser, les mains dans les poches, en sifflotant, et le plus naturellement que je puis, ce jardin qui est interdit aux promeneurs, mais dont chaque garde — qui compte sur l'autre — laisse passer...

Je suis si vulnérable! Ma faiblesse même leur est un piège : « Pourquoi vous agiter? On me descendra un peu plus loin... » C'est évident! « Va-t'en te faire pendre ailleurs...! » Ils rejettent sur autrui la corvée, pour ne pas manquer leur tour à la soupe, pour ne pas interrompre une plaisanterie, ou par simple goût du vent du soir. J'abuse ainsi de leur négligence, je tire mon salut de cette minute où la guerre les fatigue tous, tous ensemble, comme par hasard — et pourquoi pas? Et, déjà, j'escompte vaguement que, d'homme en homme, d'escouade en escouade, de village en village, je parviendrai bien à finir à mon tour. Après tout, nous ne sommes qu'un passage d'avion dans le soir... ça ne fait même pas lever la tête!

Bien sûr, j'espérais revenir. Mais dans le même temps je savais qu'il se passerait quelque chose. Vous êtes condamné au châtiment, mais la prison qui vous enferme est muette encore. Vous vous cramponnez à ce silence. Chaque seconde ressemble à la seconde qui précède. Il n'est point de raison absolue pour que celle-là qui va tomber change le monde. Ce travail est trop lourd pour elle. Chaque seconde, l'une après l'autre, sauve le silence. Le silence déjà semble éternel...

Mais le pas de celui dont on sait bien qu'il va venir se fait entendre.

Quelque chose dans le paysage vient de se rompre. Ainsi la bûche qui paraissait éteinte, soudain craque et délivre une provision d'étincelles. Par quel mystère toute cette plaine a-t-elle réagi dans le même instant? Les arbres, le printemps venu, lâchent leurs graines. Pourquoi ce soudain printemps des armes? Pourquoi ce déluge lumineux qui monte vers nous, et qui se montre, d'emblée, universel?

La sensation que d'abord j'éprouve est d'avoir manqué de prudence. J'ai tout gâché. Il suffit parfois d'un clin d'œil, d'un geste, quand l'équilibre est trop précaire! Un alpiniste tousse, et il déclenche l'avalanche. Et maintenant qu'il l'a déclenchée, tout est conclu.

Nous avons marché lourdement dans ce marécage bleu déjà noyé de nuit. Nous avons remué cette vase tranquille, et voici que, vers nous, par dizaines de milliers, elle lâche des bulles d'or.

Un peuple de jongleurs vient d'entrer dans la danse. Un peuple de jongleurs égrène vers nous, par dizaines de milliers, ses projectiles. Ceux-ci, faute de variation angulaire, nous semblent d'abord immobiles, mais, pareils à ces billes que l'art du jongleur ne projette pas, mais délivre, ils commencent avec lenteur leur ascension. Je vois des larmes de lumière couler vers moi à travers une huile de silence. De ce silence qui baigne le jeu des jongleurs.

Chaque rafale de mitrailleuse ou de canon à tir rapide débite, par centaines, obus ou balles phosphorescentes, qui se succèdent comme les perles d'un chapelet. Mille chapelets élastiques s'allongent vers nous, s'étirent à rompre, et craquent à notre hauteur.

En effet, vus par le travers, les projectiles qui nous ont manqués montrent, dans leur passage tangentiel, une allure vertigineuse. Les larmes se changent en éclairs.

Et voici que je me découvre noyé dans une moisson de trajectoires qui ont couleur de tiges de blé. Me voici centre d'un épais buisson de coups de lances. Me voici menacé par je ne sais quel vertigineux travail d'aiguilles. Toute la plaine s'est liée à moi, et tisse, autour de moi, un réseau fulgurant de lignes d'or.

Ah! Quand je me penche vers la terre je découvre ces étages de bulles lumineuses qui montent avec la lenteur de voiles de brouillard. Je découvre ce lent tourbillon de semences : ainsi s'envole l'écorce du blé que l'on bat! Mais si je regarde à l'horizontale, il n'est plus que gerbes de lances! Du tir? Mais non! Je suis attaqué à l'arme blanche! Je ne vois qu'épées de lumière! Je me sens... Il n'est pas question de danger! M'éblouit le luxe où je trempe!

— Ah!

J'ai décollé de vingt centimètres de mon siège. Ç'a été sur l'avion comme un coup de bélier. Il s'est rompu, pulvérisé... mais non... mais non... je le sens qui répond encore aux commandes. Ce n'est rien que le premier coup d'un déluge de coups. Cependant je n'ai point observé d'explosions. La fumée des éclatements se confond sans doute avec le sol sombre : je lève la tête et je regarde.

Ce spectacle est sans appel.

XXI

Penché vers la terre je n'avais pas remarqué l'espace vide qui peu à peu s'est élargi entre les nuages et moi. Les traçantes versaient une lumière de blé : comment aurais-je su qu'au sommet de leur ascension elles distribuaient un à un, comme on plante des clous, ces matériaux sombres? Je les découvre accumulés déjà en pyramides vertigineuses qui dérivent vers l'arrière avec des lenteurs de banquises. A l'échelle de telles perspectives, j'ai la sensation d'être immobile.

Je sais bien que ces constructions ont, à peine dressées, usé leur pouvoir. Chacun de ces flocons n'a disposé qu'un centième de seconde durant du droit de vie ou de mort. Mais ils m'ont entouré à mon insu. Leur apparition fait peser soudain sur ma nuque le poids d'une réprobation formidable.

Cette succession d'explosions mates, dont le son est couvert par le grondement des moteurs, m'impose l'illusion d'un silence extraordinaire. Je n'éprouve rien. Le vide de l'attente se creuse en moi, comme si l'on délibérait.

Je pense... je pense cependant « Ils tirent trop haut! » et renverse la tête pour voir basculer vers l'arrière, comme à regret, une tribu d'aigles. Ceux-là renoncent. Mais il n'est rien à espérer.

Les armes qui nous ont manqués rajustent leur tir. Les murailles d'éclatements se reconstruisent à notre étage. Chaque foyer de feu, en quelques secondes, dresse sa pyramide d'explosions qu'il abandonne aussitôt, périmée, pour bâtir ailleurs. Le tir ne nous recherche pas : il nous enferme.

— Dutertre, loin encore?

— ... si pouvions tenir trois minutes encore aurions terminé... mais...

— Passerons peut-être...

— Jamais!

Il est sinistre ce noir grisâtre, ce noir de hardes jetées en vrac. La plaine était bleue. Immensément bleue. Bleue fond de mer...

Quelle survie puis-je espérer? Dix secondes? Vingt secondes? L'ébranlement des explosions me travaille déjà en permanence. Celles qui sont proches jouent sur l'avion comme la chute des rocs dans un tombereau. Après quoi l'avion tout entier rend un son presque musical. Drôle de soupir... Mais ce sont là des coups manqués. Il en est ici comme de la foudre. Plus elle est proche, plus elle se simplifie. Certains chocs sont élémentaires : c'est que l'éclatement alors nous a marqués de ses éclats. Le fauve ne bouscule pas le bœuf qu'il tue. Il plante ses griffes d'aplomb, sans déraper. Il prend possession du bœuf. Ainsi les coups au but s'incrustent-ils simplement dans l'avion, comme dans du muscle.

— Blessé?

— Non!

— Hep! le mitrailleur, blessé?

— Non!

Mais ces chocs, qu'il faut bien décrire, ne comptent pas. Ils tambourinent, sur une écorce, sur un tambour. Au lieu de crever les réservoirs ils nous eussent tout aussi bien ouvert le ventre. Mais le ventre lui-même n'est qu'un tambour. Le corps, on s'en fout bien! Ce n'est pas lui qui compte... ça c'est extraordinaire!

Sur le corps j'ai deux mots à dire. Mais dans la vie de chaque jour on est aveugle à l'évidence. Il faut, pour que l'évidence se montre, l'urgence de telles conditions. Il faut cette pluie de lumières montantes, il faut cet assaut de coups de lances, il faut enfin que soit dressé ce tribunal pour jugement dernier. Alors on comprend.

Je me demandais, durant l'habillage : « Comment se présentent-ils, les derniers instants? » La vie toujours a démenti les fantômes que j'inventais. Mais il s'agissait, cette fois-ci, de marcher nu, sous le déchaînement de poings imbéciles, sans même le pli d'un coude pour en garantir le visage.

L'épreuve, j'en faisais une épreuve pour ma chair. Je l'imaginais subie dans ma chair. Le point de vue que j'adoptais nécessairement était celui de mon corps même. On s'est tant occupé de son corps! On l'a tellement habillé, lavé, soigné, rasé, abreuvé, nourri. On s'est identifié à cet animal domestique. On l'a conduit chez le tailleur, chez le médecin, chez le chirurgien. On a souffert avec lui. On a crié avec lui. On a aimé avec lui. On dit de lui : c'est moi. Et voilà tout à coup que cette illusion s'éboule. On se moque bien du corps! On le relègue au rang de valetaille. Que la colère se fasse un peu vive, que l'amour s'exalte, que la haine se noue, alors craque cette fameuse solidarité.

Ton fils est pris dans l'incendie? Tu le sauveras! On ne peut pas te retenir! Tu brûles! Tu t'en moques bien. Tu laisses ces hardes de chair en gage à qui les veut. Tu découvres que tu ne tenais point à ce qui t'importait si fort. Tu vendrais, s'il est un obstacle, ton épaule pour le luxe d'un coup d'épaule! Tu loges dans ton acte même. Ton acte, c'est toi. Tu ne te trouves plus ailleurs! Ton corps est de toi, il n'est plus toi. Tu vas frapper? Nul ne te maîtrisera en te menaçant dans ton corps. Toi? C'est la mort de l'ennemi. Toi? C'est le sauvetage de ton fils. Tu t'échanges. Et tu n'éprouves pas le sentiment de perdre à l'échange. Tes membres? Des outils. On se moque bien d'un outil qui saute, quand on taille. Et tu t'échanges contre la mort de ton rival, le sauvetage de ton fils, la guérison de ton malade, ta découverte si tu es inventeur! Ce camarade du Groupe est blessé à mort. La citation porte : « A dit alors à son observateur : je suis foutu. File! Sauve les documents!... » Seul importe le sauvetage des documents, ou de l'enfant, la guérison du malade, la mort du rival, la découverte! Ta signification se montre éblouissante. C'est ton devoir, c'est ta haine, c'est ton amour, c'est ta fidélité, c'est ton invention. Tu ne trouves plus rien d'autre en toi.

Le feu non seulement a fait tomber la chair, mais du même coup le culte de la chair. L'homme ne s'intéresse plus à soi. Seul s'impose à lui ce dont il est. Il ne se retranche pas, s'il meurt : il se confond. Il ne se perd pas : il se trouve. Ceci n'est point souhait de moraliste. C'est une vérité usuelle, une vérité de tous les jours, qu'une illusion de tous les jours couvre d'un masque impénétrable. Comment aurais-je pu prévoir, tandis que je m'habillais, et éprouvais la peur à cause de mon corps, que je me préoccupais de balivernes? Ce n'est qu'à l'instant de rendre ce corps que tous, toujours, découvrent avec stupéfaction combien peu ils tiennent au corps. Mais, certes, au cours de ma vie, lorsque rien d'urgent ne me gouverne, lorsque ma signification n'est pas en jeu, je ne conçois point de problèmes plus graves que ceux de mon corps.

Mon corps, je me fous bien de toi! Je suis expulsé hors de toi, je n'ai plus d'espoir, et rien ne me manque! Je renie tout ce que j'étais jusqu'à cette seconde-ci. Ce n'est ni moi qui pensais, ni moi qui éprouvais. C'était mon corps. Tant bien que mal, j'ai dû, en le tirant, l'amener jusqu'ici, d'où je découvre qu'il n'a plus aucune importance.

J'ai reçu à l'âge de quinze ans ma première leçon : un frère plus jeune que moi était, depuis quelques jours, considéré comme perdu. Un matin, vers quatre heures, son infirmière me réveille :

— Votre frère vous demande.

— Il se sent mal?

Elle ne répond rien. Je m'habille en hâte et rejoins mon frère.

Il me dit d'une voix ordinaire :

— Je voulais te parler avant de mourir. Je vais mourir.

Une crise nerveuse le crispe et le fait taire. Durant la crise, il fait « non » de la main. Et je ne comprends pas le geste. J'imagine que l'enfant refuse la mort. Mais, l'accalmie venue, il m'explique :

— Ne t'effraie pas... je ne souffre pas. Je n'ai pas mal. Je ne peux pas m'en empêcher. C'est mon corps.

Son corps, territoire étranger, déjà autre.

Mais il désire être sérieux, ce jeune frère qui succombera dans vingt minutes. Il éprouve le besoin pressant de se déléguer dans son héritage. Il me dit : « Je voudrais faire mon testament... » Il rougit, il est fier, bien sûr, d'agir en homme. S'il était constructeur de tours, il me confierait sa tour à bâtir. S'il était père, il me confierait ses fils à instruire. S'il était pilote d'avion de guerre, il me confierait les papiers de bord. Mais il n'est qu'un enfant. Il ne confie qu'un moteur à vapeur, une bicyclette et une carabine.

On ne meurt pas. On s'imaginait craindre la mort : on craint l'inattendu, l'explosion, on se craint soi-même. La mort? Non. Il n'est plus de mort quand on la rencontre. Mon frère m'a dit : « N'oublie pas d'écrire tout ça... » Quand le corps se défait, l'essentiel se montre. L'homme n'est qu'un nœud de relations. Les relations comptent seules pour l'homme.

Le corps, vieux cheval, on l'abandonne. Qui songe à soi-même dans la mort? Celui-là, je ne l'ai jamais rencontré...

— Capitaine?

— Quoi?

— Formidable!

— Mitrailleur...

— Heu... Oui...

— Quel...

Ma question a sauté dans le choc.

— Dutertre!

— ...taine?

— Touché?
— Non.
— Mitrailleur...
— Oui?
— Tou...

J'ai comme embouti un mur de bronze. J'entends :

— Ah! la! la!...

Je lève la tête vers le ciel pour mesurer la distance des nuages. Évidemment, plus j'observe en oblique, plus les flocons noirs semblent entassés les uns sur les autres. A la verticale ils paraissent moins denses. C'est pourquoi je découvre, serti au-dessus de nos fronts, ce diadème monumental aux fleurons noirs.

Les muscles des cuisses sont d'une puissance surprenante. Je pèse d'un coup sur le palonnier, comme si je défonçais un mur. J'ai lancé l'avion en travers. Il dérape brutalement vers la gauche, avec des vibrations craquantes. Le diadème a glissé vers la droite. Je l'ai fait basculer d'au-dessus de ma tête. J'ai surpris le tir, qui tape ailleurs. Je vois s'accumuler, à droite, d'inutiles paquets d'éclatements. Mais avant que j'aie amorcé, de l'autre cuisse, le mouvement contraire, le diadème, déjà, a été rétabli au-dessus de moi. Ceux du sol l'ont réinstallé. L'avion, avec des hans! s'écroule de nouveau dans des fondrières. Mais toute la pesée de mon corps a écrasé une seconde fois le palonnier. J'ai lancé l'avion en virage contraire, ou plus exactement en dérapage contraire (au diable les virages corrects!) et le diadème bascule vers la gauche.

Durer? Ce jeu ne peut durer! J'ai beau donner ces coups de pied géants, le déluge des coups de lances se recompose, là, devant moi. La couronne se rétablit. Les chocs me reprennent au ventre. Et, si je regarde vers le bas, je retrouve, bien centrée sur moi, cette ascension de bulles d'une vertigineuse lenteur. Il est inconcevable que nous soyons encore entiers. Et cependant je me découvre invulnérable. Je me sens comme vainqueur! Je suis, dans chaque seconde, vainqueur!

— Touchés?

— Non...

Ils ne sont pas touchés. Ils sont invulnérables. Ils sont vainqueurs. Je suis propriétaire d'un équipage de vainqueurs...

Désormais chaque explosion me paraît, non nous menacer, mais nous durcir. Chaque fois, durant un dixième de seconde, j'imagine mon appareil pulvérisé. Mais il répond toujours aux commandes, et je le relève, comme un cheval, en tirant durement sur les rênes. Alors je me détends, et je suis envahi par une sourde jubilation. Je n'ai pas eu le temps d'éprouver la peur autrement que comme une contraction physique, celle que provoque un grand bruit, que déjà il m'est accordé le soupir de la délivrance. Je devrais éprouver le saisissement du choc, puis la peur, puis la détente. Pensez-vous!

Pas le temps! J'éprouve le saisissement, puis la détente. Saisissement, détente. Il manque une étape : la peur. Et je ne vis point dans l'attente de la mort pour la seconde qui suit, je vis dans la résurrection, au sortir de la seconde qui précède. Je vis dans une sorte de traînée de joie. Je vis dans le sillage de ma jubilation. Et je commence d'éprouver un plaisir prodigieusement inattendu. C'est comme si ma vie m'était, à chaque seconde, donnée. Comme si ma vie me devenait, à chaque seconde, plus sensible. Je vis. Je suis vivant. Je suis encore vivant. Je suis toujours vivant. Je ne suis plus qu'une source de vie. L'ivresse de la vie me gagne. On dit « l'ivresse du combat... » c'est l'ivresse de la vie! Eh! Ceux qui nous tirent d'en bas, savent-ils qu'ils nous forgent?

Réservoirs d'huile, réservoirs d'essence, tout est crevé. Dutertre a dit : « Fini! Montez! » Une fois encore, je mesure des yeux la distance qui me sépare des nuages, et je cabre. Une fois encore, je renverse l'avion vers la gauche, puis vers la droite. Une fois encore je jette un coup d'œil vers la terre. Je n'oublierai pas ce paysage. La plaine crépite tout entière de courtes mèches lumineuses. Sans doute les canons à tir rapide. L'ascension des globules se poursuit dans l'immense aquarium bleuâtre. La flamme d'Arras luit rouge sombre, comme un fer sur l'enclume, cette flamme d'Arras bien installée sur des réserves souterraines, par où la sueur des hommes, l'invention des hommes, l'art des hommes, les souvenirs et le patrimoine des hommes, nouant leur ascension dans cette chevelure, se changent en brûlure qu'emporte le vent.

Déjà je frôle les premiers paquets de brumaille. Il est encore autour de nous des flèches d'or montantes qui trouent par en dessous le ventre du nuage. La dernière image m'est offerte quand déjà le nuage m'enferme, par un dernier trou. Durant une seconde, la flamme d'Arras m'apparaît, allumée pour la nuit comme une lampe à huile de nef profonde. Elle sert un culte, mais elle coûte cher. Demain elle aura tout consommé et consumé. J'emporte en témoignage la flamme d'Arras.

— Ça va, Dutertre?

— Ça va, mon Capitaine. Deux cent quarante. Dans vingt minutes on descendra sous le nuage. On se repérera quelque part sur la Seine...

— Ça va, le mitrailleur?

— Heu... oui... mon Capitaine... ça va.

— Pas eu trop chaud?

— Heu... non... oui.

Il n'en sait rien. Il est content. Je songe au mitrailleur de Gavoille. Une nuit, sur le Rhin, quatre-vingts projecteurs de guerre ont pris Gavoille dans leurs faisceaux. Ils construisent autour de lui une gigantesque basilique. Et voilà que le tir s'en mêle. Gavoille entend alors son mitrailleur se parler à soi-même, à voix basse. (Les laryngophones sont indiscrets.) Le mitrailleur se fait ses propres confidences : « Eh bien! mon vieux... Eh bien! mon vieux... on peut toujours courir pour trouver ça dans le civil!... » Il était content, le mitrailleur.

Moi, je respire avec lenteur. Je remplis bien ma poitrine. C'est merveilleux de respirer. Il est des tas de choses que je vais comprendre... mais d'abord je songe à Alias. Non. C'est à mon fermier d'abord que je songe. Je l'interrogerai donc sur le nombre des instruments... Eh! que voulez-vous! J'ai de la suite dans les idées. Cent trois. A propos... les jauges d'essence, les pressions d'huile... quand les réservoirs sont crevés, vaut mieux surveiller ces instruments-là! Je les surveille. Les revêtements de caoutchouc tiennent le coup. Ça, c'est un perfectionnement merveilleux! Je surveille aussi les gyroscopes : ce nuage est peu habitable. Un nuage d'orage. Il nous secoue dur.

— Croyez pas que pourrions descendre?

— Dix minutes... ferions mieux d'attendre encore dix minutes...

J'attendrai donc encore dix minutes. Ah! oui, je pensais à Alias. Compte-t-il beaucoup nous revoir? L'autre jour nous étions en retard d'une demi-heure. Une demi-heure, en général, c'est grave... Je cours rejoindre le Groupe qui dîne. Je pousse la porte, je tombe sur ma chaise à côté d'Alias. Juste à cet instant le commandant soulève sa fourchette ornée d'une gerbe de nouilles. Il s'apprête à les enfourner. Mais il sursaute, s'interrompt net, et me considère, la bouche ouverte. Les nouilles pendent, immobiles.

— Ah!... Ben... suis content de vous voir!

Et il engrange les nouilles.

Il a, selon moi, un défaut grave, le commandant. Il s'obstine à interroger le pilote sur les enseignements de la mission. Il m'interrogera. Il me regardera avec une patience redoutable, en attendant que je lui dicte des vérités premières. Il se sera armé d'une feuille de papier et d'un stylographe, pour ne pas laisser se perdre une seule goutte de cet élixir. Ça me rappellera ma jeunesse : « Comment intégrez-vous, candidat Saint-Exupéry, les équations de Bernoulli? »

— Euh...

Bernoulli... Bernoulli... Et l'on reste là, immobile, sous ce regard, comme un insecte orné d'une épingle au travers du corps.

Ça regarde Dutertre, les enseignements de la mission. Il observe à la verticale, Dutertre. Il voit des tas de choses. Des camions, des chalands, des tanks, des soldats, des canons, des chevaux, des gares, des trains dans les gares, des chefs de gare. Moi j'observe trop en oblique. Je vois des nuages, la mer, des fleuves, des montagnes, le soleil. J'observe très en gros. Je me fais une idée d'ensemble.

— Vous savez bien, mon Commandant, que le pilote...

— Voyons! Voyons! On aperçoit toujours quelque chose.

— Je... Ah! Des incendies! J'ai vu des incendies. Ça, c'est intéressant...

— Non. Tout brûle. Quoi d'autre?

Pourquoi Alias est-il cruel?

XXII

Cette fois-ci m'interrogera-t-il?

Ce que je rapporte de ma mission ne peut s'inscrire sur un compte rendu. Je « sécherai » comme un collégien au tableau noir. Je paraîtrai très malheureux, et cependant je ne serai pas malheureux. Fini le malheur... Il s'est envolé quand les premières balles ont lui. Si j'avais fait demi-tour une seconde trop tôt, j'aurais tout ignoré de moi.

J'aurais ignoré la belle tendresse qui me monte au cœur. Je reviens vers les miens. Je rentre. Je me fais l'effet d'une ménagère qui, ayant achevé ses courses, prend le chemin de la maison, et médite sur les plats dont elle réjouira les siens. Elle balance de droite à gauche le panier à provisions. De temps à autre elle soulève le journal qui les recouvre : tout est bien là. Elle n'a rien oublié. Elle sourit de la surprise qu'elle prépare, et flâne un peu. Elle jette un coup d'œil sur les étalages.

Je jetterais avec plaisir un coup d'œil sur les étalages, si Dutertre ne m'obligeait pas d'habiter cette prison blanchâtre. Je regarderais défiler la campagne. Il est vrai qu'il vaut mieux patienter encore : ce paysage-ci est empoisonné. Tout y conspire. Les petits châteaux de province eux-mêmes qui, avec leur pelouse un peu ridicule et leurs douzaines d'arbres apprivoisés, paraissent des écrins naïfs pour jeunes filles candides, ne sont que pièges de guerre. A voler bas, au lieu de signaux d'amitié, on récolte des explosions de torpilles.

Malgré le ventre du nuage je reviens quand même du marché. Elle avait bien raison, la voix du commandant : « Vous irez au coin de la première rue à droite, et m'achèterez des allumettes... » Ma conscience est en paix. J'ai les allumettes dans ma poche. Ou, plus exactement, elles se trouvent dans la poche de mon camarade Dutertre. Comment fait-il pour se rappeler tout ce qu'il a vu? Ça le regarde. Et je songe aux choses sérieuses. Après l'atterrissage, s'il nous est épargné la pagaille d'un nouveau déménagement, je lancerai un défi à Lacordaire, et je le battrai aux échecs. Il déteste perdre. Moi aussi. Mais je gagnerai.

Lacordaire, hier, était saoul. Du moins... un peu : je ne voudrais pas le déshonorer. Il s'était saoulé pour se consoler. Ayant oublié, au retour d'un vol, de commander son train d'atterrissage, il avait posé l'avion sur le ventre. Alias, hélas présent, avait considéré l'avion avec mélancolie, mais n'avait pas ouvert la bouche. Lacordaire, vieux pilote, je le revois. Il attendait les reproches d'Alias. Il espérait les reproches d'Alias. Des reproches violents lui eussent fait du bien. Cette explosion lui eût permis d'exploser aussi. Il se fût, en ripostant, dégonflé de sa rage. Mais Alias hochait la tête. Alias méditait sur l'avion; il se moquait bien de Lacordaire. Cet accident n'était, pour le commandant, qu'un malheur anonyme, une sorte d'impôt statistique. Il ne s'agissait là que d'une de ces distractions stupides qui surprennent les plus vieux pilotes. Elle avait été infligée injustement à Lacordaire. Lacordaire était pur, hors cette bévue d'aujourd'hui, de toute imperfection professionnelle. C'est pourquoi Alias, ne s'intéressant qu'à la victime, sollicita le plus machinalement du monde, de Lacordaire lui-même, son opinion sur les dégâts. Et je sentis monter d'un cran la rage rentrée de Lacordaire. Vous posez gentiment votre main sur l'épaule du tortionnaire et vous lui dites : « Cette pauvre victime... hein... comme elle doit souffrir... » Les mouvements du cœur humain sont insondables. Cette main tendre, qui sollicite sa sympathie, exaspère le tortionnaire. Il jette à la victime un regard noir. Il regrette de ne pas l'avoir achevée.

C'est ainsi. Je rentre chez moi. Le Groupe 2/33 c'est chez moi. Et je comprends ceux de chez moi. Je ne puis pas me tromper sur Lacordaire. Lacordaire ne peut pas se tromper sur moi. Je ressens cette communauté avec un sentiment d'évidence extraordinaire : « Nous autres, du Groupe 2/33! » Eh! Voici donc que les matériaux en vrac déjà se nouent...

Je songe à Gavoille et à Hochedé. Je ressens cette communauté qui me lie à Gavoille et à Hochedé. Je m'interroge sur Gavoille : quelle est son origine? Il montre une belle substance terrienne. Un chaud souvenir me revient, qui me parfume soudain le cœur. Gavoille, lorsque nous cantonnions à Orconte, habitait, comme moi, une ferme.

Un jour il me dit :

— La fermière a tué un porc. Elle nous invite à manger le boudin.

Nous étions trois : Israël, Gavoille et moi, à mâcher la belle écorce noire et craquante. La paysanne nous a servi un petit vin blanc. Gavoille m'a dit : « Je lui ai acheté ça pour lui faire plaisir. Il faut signer. » C'était un de mes livres. Et je n'ai éprouvé aucune gêne. J'ai signé avec plaisir, pour faire plaisir. Israël bourrait sa pipe, Gavoille se grattait la cuisse, la paysanne semblait bien contente d'hériter d'un livre signé par l'auteur. Le boudin embaumait. J'étais un peu saoul de petit vin blanc, et je ne me sentais pas étranger, malgré que je signasse un livre, ce qui m'a toujours paru un peu ridicule. Je ne me sentais pas refusé. Je ne faisais figure, malgré ce livre, ni d'auteur, ni de spectateur. Je ne venais pas du dehors. Israël, gentiment, me regardait signer. Gavoille, avec simplicité, continuait de gratter sa cuisse. Et j'éprouvais à leur égard une sorte de sourde reconnaissance. Ce livre eût pu me donner l'apparence d'un témoin abstrait. Et cependant je ne faisais figure, malgré lui, ni d'intellectuel ni de témoin. J'étais des leurs.

Le métier de témoin m'a toujours fait horreur. Que suis-je, si je ne participe pas? J'ai besoin, pour être, de participer. Je me nourris de la qualité des camarades, cette qualité qui s'ignore, parce qu'elle se fout bien d'elle-même, et non par humilité. Gavoille ne se considère pas, ni Israël. Ils sont réseau de liens avec leur travail, leur métier, leur devoir. Avec ce boudin qui fume. Et je m'enivre de la densité de leur présence. Je puis me taire. Je puis boire mon petit vin blanc. Je puis même signer ce livre sans me retrancher d'avec eux. Rien n'abîmera cette fraternité.

Il ne s'agit point ici, pour moi, de dénigrer les démarches de l'intelligence, ni les victoires de la conscience. J'admire les intelligences limpides. Mais qu'est-ce qu'un homme, s'il manque de substance? S'il n'est qu'un regard et non un être? La substance je la découvre en Gavoille ou en Israël. Comme je la découvrais en Guillaumet.

Les avantages que je puis tirer d'une activité d'écrivain, cette liberté par exemple dont je pourrais peut-être disposer, et qui me permettrait, si mon métier au Groupe 2/33 me déplaisait, d'obtenir de m'en dégager pour d'autres fonctions, je les réprouve avec une sorte d'effroi. Ce n'est que la liberté de n'être point Chaque obligation fait devenir.

Nous avons failli crever en France de l'intelligence sans substance. Gavoille est. Il aime, déteste, se réjouit, ronchonne. Il est pétri de liens. Et, de même que je savoure, en face de lui, ce boudin craquant, je savoure les obligations du métier qui nous fondent ensemble dans un tronc commun. J'aime le Groupe 2/33. Je ne l'aime pas en spectateur qui découvre un beau spectacle. Je me fous du spectacle. J'aime le Groupe 2/33 parce que j'en suis, qu'il m'alimente, et que je contribue à l'alimenter.

Et maintenant que je reviens d'Arras je suis de mon Groupe plus que jamais. J'ai acquis un lien de plus. J'ai renforcé en moi ce sentiment de communauté qui est à savourer dans le silence. Israël et Gavoille ont subi des risques plus durs, peut-être, que les miens. Israël a disparu. Mais, de cette promenade d'aujourd'hui, je ne devais pas revenir non plus. Elle me donne un peu plus le droit de m'asseoir à leur table, et de me taire avec eux. Ce droit-là s'achète très cher.

Mais il vaut très cher: c'est le droit d' « être ». C'est pourquoi, ce bouquin, je l'ai signé sans gêne... il ne gâchait rien.

Et voici que je rougis à l'idée de bredouiller tout à l'heure, quand le commandant m'interrogera. J'aurai honte de moi. Le commandant pensera que je suis un peu stupide. Si ces histoires de livre ne me gênent pas c'est que, quand bien même j'aurais accouché d'une bibliothèque entière, ces références ne me sauveraient pas de la honte dont je suis menacé. Cette honte n'est pas un jeu que je joue. Je ne suis pas le sceptique qui s'offre le luxe de se prêter à quelque coutume touchante. Je ne suis pas le citadin qui joue, en vacances, au paysan. J'ai été chercher, une fois de plus, la preuve de ma bonne foi sur Arras. J'ai engagé ma chair dans l'aventure. Toute ma chair. Et je l'ai engagée perdante. J'ai donné tout ce que j'ai pu à ces règles du jeu. Pour qu'elles soient autre chose que des règles du jeu. J'ai acquis le droit de me sentir penaud, bientôt, quand le commandant m'interrogera. C'est-à-dire de participer. D'être lié. De communier. De recevoir et de donner. D'être plus que moi-même. D'accéder à cette plénitude qui me gonfle si fort. D'éprouver cet amour que j'éprouve à l'égard de mes camarades, cet amour qui n'est pas un élan venu du dehors, qui ne cherche pas à s'exprimer — jamais — sauf, toutefois, à l'heure des dîners d'adieux. Vous êtes alors un peu ivre, et la bienveillance de l'alcool vous fait pencher vers les convives comme un arbre lourd de fruits à donner. Mon amour du Groupe n'a pas besoin de s'énoncer. Il n'est composé que de liens. Il est ma substance même. Je suis du Groupe. Et voilà tout.

Lorsque je pense au Groupe, je ne puis pas ne pas penser à Hochedé. Je pourrais raconter son courage de guerre, mais je me sentirais ridicule. Il ne s'agit point de courage : Hochedé a fait à la guerre un don total. Mieux, probablement, que nous tous. Hochedé est, en permanence, dans cet état que j'ai été difficilement conquérir. Moi, je pestais quand je m'habillais. Hochedé ne peste pas. Hochedé est parvenu où nous allons. Où je voulais aller.

Hochedé est un ancien sous-officier promu récemment sous-lieutenant. Sans doute dispose-t-il d'une culture médiocre. Il ne saurait rien éclairer sur lui-même. Mais il est bâti, il est achevé. Le mot devoir, quand il s'agit de Hochedé, perd toute redondance. On voudrait bien subir le devoir comme Hochedé le subit. En face de Hochedé, je me reproche tous mes petits renoncements, mes négligences, mes paresses, et par-dessus tout, s'il y a lieu, mes scepticismes. Ce n'est pas signe de vertu, mais de jalousie bien comprise. Je voudrais exister autant que Hochedé existe. Un arbre est beau, bien établi sur ses racines. Elle est belle, la permanence de Hochedé. Hochedé ne pourrait décevoir.

Je ne raconterai donc rien des missions de guerre de Hochedé. Volontaire? Nous sommes tous, toujours, volontaires pour toutes les missions. Mais par obscur besoin de croire en nous. On se dépasse alors un peu. Hochedé est volontaire naturellement. Il « est » cette guerre. C'est si naturel que, s'il s'agit d'un équipage à sacrifier, le commandant pense aussitôt à Hochedé : « Dites donc, Hochedé... » Hochedé trempe dans la guerre comme un moine dans sa religion. Pourquoi se bat-il? Il se bat pour soi. Hochedé se confond avec une certaine substance qui est à sauver, et qui est sa propre signification. A cet étage la vie et la mort se mêlent un peu. Hochedé est déjà confondu. Sans le savoir, peut-être, il ne craint guère la mort. Durer, faire durer... pour Hochedé mourir et vivre se concilient.

Ce qui, de lui, m'a d'abord ébloui, c'est son angoisse quand Gavoille a essayé de lui emprunter son chronomètre, pour mesurer des vitesses sur base.

— Mon Lieutenant... non... ça m'ennuie

— Tu es stupide! C'est pour un réglage de dix minutes!

— Mon Lieutenant... il y en a un, au magasin de l'escadrille.

— Oui. Mais il n'a pas voulu démordre, depuis six semaines, de deux heures sept!

— Mon Lieutenant... ça ne se prête pas, un

chronomètre... je ne suis pas obligé de le prêter, mon chronomètre... vous ne pouvez pas exiger ça!

La discipline militaire et le respect hiérarchique peuvent solliciter d'un Hochedé qu'à peine abattu en flammes, et par miracle indemne, il se réinstalle dans un autre avion pour une autre mission, qui cette fois-ci sera périlleuse... mais non qu'il livre à des mains sans respect un chronomètre de grand luxe, qui a coûté trois mois de solde, et qui fut remonté, chaque soir, avec un soin tout maternel. A voir gesticuler les hommes, on devine qu'ils ne comprennent rien aux chronomètres.

Et quand Hochedé vainqueur, son bon droit enfin établi, et son chronomètre contre son cœur, quitta tout fumant encore d'indignation le bureau de l'escadrille, j'aurais embrassé Hochedé. Je découvrais les trésors d'amour de Hochedé. Il luttera pour son chronomètre. Son chronomètre existe. Et il mourra pour son pays. Son pays existe. Hochedé existe, qui est lié à eux. Il est pétri de tous ses liens avec le monde.

C'est pourquoi j'aime Hochedé sans éprouver le besoin de le lui dire. Ainsi j'ai perdu Guillaumet, tué en vol — le meilleur ami que j'aie eu — et j'évite de parler de lui. Nous avons piloté sur les mêmes lignes, participé aux mêmes créations. Nous étions de la même substance. Je me sens un peu mort en lui. J'ai fait de Guillaumet un des compagnons de mon silence. Je suis de Guillaumet.

Je suis de Guillaumet, je suis de Gavoille, je suis de Hochedé. Je suis du Groupe 2/33. Je suis de mon pays. Et tous ceux du Groupe sont de ce pays...

XXIII

J'ai bien changé! Ces jours-ci, Commandant Alias, j'étais amer. Ces jours-ci, alors que l'invasion blindée ne rencontrait plus que le néant, les missions sacrifiées ont coûté au Groupe 2/33 dix-sept équipages sur vingt-trois. Vous le premier, nous acceptions, me semblait-il, de jouer les morts pour les nécessités de la figuration. Ah! Commandant Alias, j'étais amer, je me trompais!

Nous nous cramponnions, vous le premier, à la lettre d'un devoir dont l'esprit s'était obscurci. Vous nous poussiez d'instinct, non plus à vaincre, c'était impossible, mais à devenir. Vous connaissiez, comme nous, que les renseignements acquis ne seraient transmis à personne. Mais vous sauviez des rites dont le pouvoir était caché. Vous nous interrogiez gravement, comme si nos réponses pouvaient servir, sur les parcs à tanks, les chalands, les camions, les gares, les trains dans les gares. Vous me paraissiez même d'une révoltante mauvaise fois :

— Si! Si! On observe très bien de la place de pilote.

Cependant, vous aviez raison, commandant Alias.

Cette foule que je survole, je l'ai prise en compte au-dessus d'Arras. Je ne suis lié qu'à qui je donne. Je ne comprends que qui j'épouse. Je n'existe qu'autant que m'abreuvent les fontaines de mes racines. Je suis de cette foule. Cette foule est de moi. A cinq cent trente kilomètres-heure, et deux cents mètres d'altitude, maintenant que j'ai débarqué sous mon nuage, je l'épouse dans le soir comme un berger qui, d'un coup d'œil, recense, rassemble et noue le troupeau. Cette foule n'est plus une foule : elle est un peuple. Comment serais-je sans espoir?

Malgré le pourrissement de la défaite, je porte en moi, comme au sortir d'un sacrement, cette grave et durable jubilation. Je trempe dans l'incohérence, et cependant je suis comme vainqueur. Quel est le camarade retour de mission qui ne porte pas ce vainqueur en lui? Le capitaine Pénicot m'a raconté son vol de ce matin : « Quand une des armes automatiques me paraissait tirer trop juste, je bifurquais droit sur elle, à pleine vitesse, au ras du sol, et je lâchais une giclée de mitrailleuse qui éteignait net cette lumière rougeâtre, comme un coup de vent une bougie. Un dixième de seconde plus tard je passais en trombe sur l'équipe...

C'était comme si l'arme eût fait explosion! L'équipe de servants, je la retrouvais éparpillée, culbutée par la fuite. J'avais l'impression de jouer aux quilles. » Pénicot riait, Pénicot riait magnifiquement. Pénicot, capitaine vainqueur!

Je sais que la mission aura transfiguré jusqu'à ce mitrailleur de Gavoille qui, pris de nuit dans la basilique construite par quatre-vingts projecteurs de guerre, est passé, comme pour un mariage de soldats, sous la voûte des épées.

— Vous pouvez prendre au quatre-vingt-quatorze.

Dutertre vient de se repérer sur la Seine. Je suis descendu vers cent mètres. Le sol charrie vers nous, à cinq cent trente kilomètres-heure, de grands rectangles de luzerne ou de blé et des forêts triangulaires. J'éprouve un plaisir physique bizarre à observer cette débâcle des glaces, que divise inlassablement mon étrave. La Seine m'apparaît. Quand je la franchis en oblique, elle se dérobe, comme en pivotant sur elle-même. Ce mouvement me procure le même plaisir que la foulée souple d'un coup de faux. Je suis bien installé. Je suis patron à bord. Les réservoirs tiennent. Je gagnerai un verre, au poker d'as, à Pénicot, puis battrai Lacordaire aux échecs. C'est comme ça que je suis, quand je suis vainqueur.

— Mon Capitaine... ils tirent... nous sommes en zone interdite...

C'est lui qui calcule la navigation. Je suis pur de tout reproche.

— Ils tirent beaucoup?

— Ils tirent comme ils peuvent...

— On fait le tour?

— Oh! non...

Le ton est désabusé. Nous avons connu le déluge. Le tir antiaérien n'est, chez nous, qu'une pluie de printemps.

— Dutertre... savez... c'est idiot de se faire descendre chez soi!

— ... descendront rien... ça les exerce.

Dutertre est amer

Je ne suis pas amer. Je suis heureux. J'aimerais parler aux hommes de chez moi.

— Euh... oui... tirent comme des...

Tiens, il est vivant celui-là! Je remarque que mon mitrailleur n'a jamais encore, spontanément, manifesté son existence. Il a digéré toute l'aventure sans éprouver le besoin de communiquer. A moins que ce ne soit lui qui ait prononcé « Ah! la! la! » au plus fort du canon. De toute façon ce ne fut pas une débauche de confidences.

Mais il s'agit ici de sa spécialité : la mitrailleuse. Quand il s'agit de leur spécialité, les spécialistes, on ne peut plus les retenir.

Je ne puis pas ne pas opposer ces deux univers. L'univers de l'avion et celui du sol. Je viens d'entraîner Dutertre et mon mitrailleur au-delà des limites permises. Nous avons vu flamber la France. Nous avons vu luire la mer. Nous avons vieilli en haute altitude. Nous nous sommes penchés vers une terre lointaine, comme sur des vitrines de musée. Nous avons joué dans le soleil avec la poussière des chasseurs ennemis. Puis nous sommes redescendus. Nous nous sommes jetés dans l'incendie. Nous avons tout sacrifié. Et là, nous avons plus appris, sur nous-mêmes, que nous n'eussions appris en dix années de méditation. Nous sommes sortis enfin de ce monastère de dix années...

Et voici que, sur cette route, que peut-être nous survolions pour monter sur Arras, la caravane, quand nous la retrouvons, a progressé, au plus, de cinq cents mètres.

Le temps qu'ils déménagent une voiture en panne jusqu'au fossé, qu'ils changent une roue, qu'ils tambourinent immobiles sur le volant, pour laisser un chemin de traverse liquider ses propres épaves, nous aurons regagné l'escale.

Nous enjambons la défaite tout entière. Nous sommes semblables à ces pèlerins que ne tourmente pas le désert, bien qu'ils y peinent, car, déjà, ils habitent de cœur la ville sainte.

La nuit qui se fait parquera cette foule en vrac dans son étable de malheur. Le troupeau se tasse. Vers quoi crierait-il? Mais il nous est donné de courir vers les camarades, et il me semble que nous nous hâtons vers une fête. Ainsi une simple cabane, si elle est éclairée au loin, change la plus rude nuit d'hiver en nuit de Noël. Là-bas où nous allons nous serons accueillis. Là-bas où nous allons nous communierons dans le pain du soir.

Suffit, pour aujourd'hui, comme aventure : je suis heureux et fatigué. J'abandonnerai aux mécaniciens l'avion enrichi de ses trous. Je me déshabillerai de mes lourds vêtements de vol, et, comme il est trop tard pour jouer un verre contre Pénicot, je m'assiérai tout simplement pour le dîner parmi les camarades...

Nous sommes en retard. Ceux des camarades qui sont en retard ne reviennent plus. Sont en retard? Trop tard. Tant pis pour eux! La nuit les bascule dans l'éternité. A l'heure du dîner le Groupe compte ses morts.

Les disparus embellissent dans le souvenir. On les habille pour toujours de leur sourire le plus clair. Nous renoncerons à cet avantage. Nous surgirons en fraude, à la façon des mauvais anges et des braconniers. Le commandant n'enfournera pas sa bouchée de pain. Il nous regardera. Il dira peut-être :

« Ah!... vous voilà... » Les camarades se tairont. Ils nous observeront à peine.

J'avais peu d'estime, autrefois, pour les grandes personnes. J'avais tort. On ne vieillit jamais. Commandant Alias! Les hommes sont purs aussi à l'heure d'un retour : « Te voilà, toi qui es des nôtres... » Et la pudeur fait le silence.

Commandant Alias, Commandant Alias... cette communauté parmi vous, je l'ai goûtée comme un feu pour aveugle. L'aveugle s'assoit et étend les mains, il ne sait pas d'où lui vient son plaisir. De nos missions nous rentrons prêts pour une récompense au goût inconnu, qui est simplement l'amour.

Nous n'y reconnaissons pas l'amour. L'amour auquel nous songeons d'ordinaire est d'un pathétique plus tumultueux. Mais il s'agit, ici, de l'amour véritable : un réseau de liens qui fait devenir.

XXIV

J'ai interrogé mon fermier sur le nombre des instruments. Et mon fermier m'a répondu :

— Je ne connais rien de votre boutique. Faut croire, les instruments, qu'il en manque quelques-uns : ceux qui nous auraient fait gagner la guerre... Voulez-vous souper avec nous?

— J'ai déjà dîné.

Mais l'on m'a installé, de force, entre la nièce et la fermière :

— Toi, la nièce, pousse-toi un peu... Fais une place au capitaine.

Et ce n'est pas aux seuls camarades que je me découvre lié. C'est, à travers eux, à tout mon pays. L'amour, une fois qu'il a germé, pousse des racines qui n'en finissent plus de croître.

Mon fermier distribue le pain, dans le silence. Les soucis du jour l'ont ennobli d'une gravité austère. Il assure, pour la dernière fois peut-être, comme l'exercice d'un culte, ce partage.

Et je songe aux champs d'alentour qui ont formé la matière de ce pain. L'ennemi demain les envahira. Que l'on ne s'attende pas à un tumulte d'hommes en armes! La terre est grande. L'invasion, peut-être, ne montrera-t-elle, par ici, qu'une sentinelle solitaire, perdue au loin dans l'immensité des campagnes, une marque grise à la lisière du blé. Rien n'aura changé en apparence, mais un signe suffit, s'il s'agit de l'homme, pour que tout soit autre.

Le coup de vent qui circulera sur la moisson ressemblera toujours à un coup de vent sur la mer. Mais le coup de vent sur la moisson, s'il nous paraît plus ample encore, c'est qu'il recense, en le déroulant, un patrimoine. Il s'assure de l'avenir. Il est caresse à une épouse, main pacifique dans une chevelure.

Ce blé, demain, aura changé. Le blé est autre chose qu'un aliment charnel. Nourrir l'homme ce n'est point engraisser un bétail. Le pain joue tant de rôles! Nous avons appris à reconnaître, dans le pain, un instrument de la communauté des hommes, à cause du pain à rompre ensemble. Nous avons appris à reconnaître, dans le pain, l'image de la grandeur du travail, à cause du pain à gagner à la sueur du front. Nous avons appris à reconnaître, dans le pain, le véhicule essentiel de la pitié, à cause du pain que l'on distribue aux heures de misère. La saveur du pain partagé n'a point d'égale.

Or voici que tout le pouvoir de cet aliment spirituel, du pain spirituel qui naîtra de ce champ de blé, est en péril. Mon fermier, demain, en rompant le pain, ne servira plus, peut-être, la même religion familiale. Le pain, demain peut-être, n'alimentera plus la même lumière des regards. Il en est du pain comme de l'huile des lampes à huile. Elle se change en lumière.

J'observe la nièce, qui est très belle, et je me dis : le pain, à travers elle, se fait grâce mélancolique. Il se fait pudeur. Il se fait douceur du silence. Or le même pain, par la vertu d'une simple tache grise à la lisière d'un océan de blé, s'il nourrit demain la même lampe, ne formera peut-être plus la même flamme. L'essentiel du pouvoir du pain aura changé.

Je me suis battu pour préserver la qualité d'une lumière, bien plus encore que pour sauver la nourriture des corps. Je me suis battu pour le rayonnement particulier en quoi se transfigure le pain dans les maisons de chez moi. Ce qui m'émeut d'abord, de cette petite fille secrète, c'est l'écorce immatérielle. C'est je ne sais quel lien entre les lignes d'un visage. C'est le poème lu sur la page — et non la page.

Elle s'est sentie observée. Elle a levé les yeux vers moi. Il me semble qu'elle m'a souri... Ç'a été à peine comme un souffle sur la fragilité des eaux. Cette apparition me trouble. Je sens, mystérieusement pré-

sente, l'âme particulière qui est d'ici, et non d'ailleurs. Je goûte une paix dont je me dis : « C'est la paix des règnes silencieux... »
J'ai vu luire la lumière du blé.

Le visage de la nièce s'est refait lisse sur fond de mystère. La fermière soupire, regarde autour d'elle, et se tait. Le fermier, qui médite le jour à venir, s'enferme dans sa sagesse. Il est, sous leur silence à tous, une richesse intérieure semblable au patrimoine d'un village — et pareillement menacée.

Une étrange évidence me fait me sentir responsable de ces provisions invisibles. Je quitte ma ferme. Je vais à pas lents. J'emporte cette charge qui m'est plus douce que pesante, comme le serait un enfant endormi contre ma poitrine.

Je m'étais promis cette conversation avec mon village. Mais je n'ai rien à dire. Je suis semblable au fruit bien attaché à l'arbre auquel je songeais, voilà quelques heures, quand l'angoisse s'est apaisée. Je me sens lié à ceux de chez moi, tout simplement. Je suis d'eux, comme ils sont de moi. Lorsque mon fermier a distribué le pain, il n'a rien donné. Il a partagé et échangé. Le même blé, en nous, a circulé. Le fermier ne s'appauvrissait pas. Il s'enrichissait : il se nourrissait d'un pain meilleur, puisque changé en pain d'une communauté. Lorsquc j'ai, cet après-midi, décollé pour ceux-là, en mission de guerre, je ne leur ai rien donné non plus. Nous ne leur donnons rien, nous du Groupe. Nous sommes leur part de sacrifice de guerre. Je comprends pourquoi Hochedé fait la guerre sans grands mots, comme un forgeron qui forge pour le village. « Qui êtes-vous? — Je suis le forgeron du village. » Et le forgeron travaille heureux.

Si maintenant j'espère, quand ils semblent désespérer, je ne m'en distingue pas non plus. Je suis simplement leur part d'espoir. Certes nous sommes déjà vaincus. Tout est en suspens. Tout s'écroule. Mais je continue d'éprouver la tranquillité d'un vainqueur. Les mots sont contradictoires? Je me moque des mots. Je suis semblable à Pénicot, Hochedé, Alias, Gavoille. Nous ne disposons d'aucun langage pour justifier notre sentiment de victoire. Mais nous nous sentons responsables. Nul ne peut se sentir, à la fois, responsable et désespéré.

Défaite... Victoire... Je sais mal me servir de ces formules. Il est des victoires qui exaltent, d'autres qui abâtardissent. Des défaites qui assassinent, d'autres qui réveillent. La vie n'est pas énonçable par des états, mais par des démarches. La seule victoire dont je ne puis douter est celle qui loge dans le pouvoir des graines. Plantée la graine, au large des terres noires, la voilà déjà victorieuse. Mais il faut dérouler le temps pour assister à son triomphe dans le blé.

Il n'était rien ce matin qu'une armée démantibulée, et une foule en vrac. Mais une foule en vrac, s'il est une seule conscience où déjà elle se noue, n'est plus en vrac. Les pierres du chantier ne sont en vrac qu'en apparence, s'il est, perdu dans le chantier, un homme, serait-il seul, qui pense cathédrale. Je ne m'inquiète pas du limon épars s'il abrite une graine. La graine le drainera pour construire.

Quiconque accède à la contemplation se change en semence. Quiconque découvre une évidence tire chacun par la manche pour la lui montrer. Quiconque invente prêche aussitôt son invention. Je ne sais comment un Hochedé s'exprimera ou agira. Mais peu m'importe. Il répandra sa foi tranquille autour de lui. J'entrevois mieux le principe des victoires : celui-là qui s'assure d'un poste de sacristain ou de chaisière dans la cathédrale bâtie, est déjà vaincu. Mais quiconque porte dans le cœur une cathédrale à bâtir, est déjà vainqueur. La victoire est fruit de l'amour. L'amour reconnaît seul le visage à pétrir. L'amour seul gouverne vers lui. L'intelligence ne vaut qu'au service de l'amour.

Le sculpteur est lourd du poids de son œuvre : peu importe s'il ignore comment il pétrira. De coup de pouce en coup de pouce, d'erreur en erreur, de contradiction en contradiction, il marchera droit, à travers la glaise, vers sa création. Ni l'intelligence, ni le jugement ne sont créateurs. Si le sculpteur n'est que science et intelligence, ses mains manqueront de génie.

Nous nous sommes trompés trop longtemps sur le rôle de l'intelligence. Nous avons négligé la substance de l'homme. Nous avons cru que la virtuosité des âmes basses pouvait aider au triomphe des causes nobles, que l'égoïsme habile pouvait exalter l'esprit de sacrifice, que la sécheresse de cœur pouvait, par le vent des discours, fonder la fraternité ou l'amour. Nous avons négligé l'Être. La graine de cèdre, bon gré, mal gré, deviendra cèdre. La graine de ronce deviendra ronce. Je refuserai désormais de juger l'homme sur les formules qui justifient ses décisions. On se trompe trop aisément sur la caution des paroles, comme sur la direction des actes. Celui qui marche vers sa maison, j'ignore s'il marche vers la querelle ou vers l'amour. Je me demanderai : « Quel homme est-il? » Alors seulement je connaîtrai vers où il pèse, et où il ira. On va toujours, en fin de compte, vers où l'on pèse.

Le germe, hanté par le soleil, trouve toujours son chemin à travers la pierraille du sol. Le pur logicien, si nul soleil ne le tire à soi, se noie dans la confusion des problèmes. Je me souviendrai de la leçon que m'a donnée mon ennemi lui-même. Quelle direction faut-il que choisisse la colonne blindée pour investir les arrières de l'adversaire? Il ne sait répondre. Que faut-il que soit la colonne blindée? Il faut qu'elle soit — contre la digue — poids de la mer.

Que faut-il faire? Ceci. Ou le contraire. Ou autre chose. Il n'est point de déterminisme de l'avenir. Que faut-il être? Voilà bien la question essentielle, car l'esprit seul fertilise l'intelligence. Il l'engrosse de l'œuvre à venir. L'intelligence la conduira à terme. Que doit faire l'homme pour créer le premier navire? La formule est bien trop compliquée. Ce navire naîtra, en fin de compte, de mille tâtonnements contradictoires. Mais cet homme, que doit-il être? Ici je tiens la création par sa racine. Il doit être marchand ou soldat, car alors, nécessairement, par amour des terres lointaines, il suscitera les techniciens, drainera les ouvriers, et lancera, un jour, son navire! Que faut-il faire pour que toute une forêt s'envole? Ah! c'est trop difficile... Que faut-il être? Il faut être incendie!

Nous entrerons demain dans la nuit. Que mon pays soit encore quand reviendra le jour! Que faut-il faire pour le sauver? Comment énoncer une solution simple? Les nécessités sont contradictoires. Il importe de sauver l'héritage spirituel, sans quoi la race sera privée de son génie. Il importe de sauver la race, sans quoi l'héritage sera perdu. Les logiciens, faute d'un langage qui concilierait les deux sauvetages, seront tentés de sacrifier ou l'âme, ou le corps. Mais je me moque bien des logiciens. Je veux que mon pays soit — dans son esprit et dans sa chair — quand reviendra le jour. Pour agir selon le bien de mon pays il me faudra peser à chaque instant dans cette direction, de tout mon amour. Il n'est point de passage que la mer ne trouve, si elle pèse.

Aucun doute sur le salut ne m'est possible. Je comprends mieux l'image de mon feu pour aveugle. Si l'aveugle marche vers le feu, c'est qu'est né en lui le besoin du feu. Le feu déjà le gouverne. Si l'aveugle cherche le feu, c'est que déjà il l'a trouvé. Ainsi le sculpteur tient déjà sa création s'il pèse vers la glaise. Nous, de même. Nous ressentons la chaleur de nos liens : voilà pourquoi nous sommes déjà vainqueurs.

Notre communauté nous est déjà sensible. Il nous faudra certes l'exprimer, pour rallier à elle. Ceci est effort de conscience et de langage. Mais il nous faudra aussi, pour ne rien perdre de sa substance, nous faire sourds aux pièges des logiques provisoires, des chantages et des polémiques. Nous devons, avant tout, ne rien renier de ce dont nous sommes.

Et c'est pourquoi, dans le silence de ma nuit de village, appuyé contre un mur, je commence, au retour de ma mission sur Arras — et éclairé, me semble-t-il, par ma mission — de m'imposer des règles simples que je ne trahirai jamais.

Puisque je suis d'eux, je ne renierai jamais les miens, quoi qu'ils fassent. Je ne prêcherai jamais contre eux devant autrui. S'il est possible de prendre leur défense, je les défendrai. S'ils me couvrent de honte, j'enfermerai cette honte dans mon cœur, et me tairai. Quoi que je pense alors sur eux, je ne servirai jamais de témoin à charge. Un mari ne va pas de maison en maison instruire lui-même ses voisins de ce que sa femme est une gourgandine. Il ne sauvera pas ainsi son honneur. Car sa femme est de sa maison. Il ne peut s'ennoblir contre elle. C'est une fois rentré chez lui qu'il a le droit d'exprimer sa colère.

Ainsi je ne me désolidariserai pas d'une défaite qui, souvent, m'humiliera. Je suis de France. La France formait des Renoir, des Pascal, des Pasteur, des Guillaumet, des Hochedé. Elle formait aussi des incapables, des politiciens et des tricheurs. Mais il me paraît trop aisé de se réclamer des uns et de nier toute parenté avec les autres.

La défaite divise. La défaite défait ce qui était fait. Il y a, là, menace de mort; je ne contribuerai pas à ces divisions, en rejetant la responsabilité du désastre sur ceux des miens qui pensent autrement que moi. Il n'est rien à tirer de ces procès sans juge. Nous avons tous été vaincus. Moi, j'ai été vaincu. Hochedé a été vaincu. Hochedé ne rejette pas la défaite sur d'autres que lui. Il se dit : « Moi, Hochedé, moi de France, j'ai été faible. La France de Hochedé a été faible. J'ai été faible en elle et elle faible en moi. » Hochedé sait bien que, s'il se retranche d'avec les siens, il ne glorifiera que lui seul. Et, dès lors, il ne sera plus le Hochedé d'une maison, d'une famille, d'un Groupe, d'une patrie. Il ne sera plus que le Hochedé d'un désert.

Si j'accepte d'être humilié par ma maison, je puis agir sur ma maison. Elle est de moi, comme je suis d'elle. Mais, si je refuse l'humiliation, la maison se démantibulera comme elle voudra, et j'irai seul, tout glorieux, mais plus vain qu'un mort.

Pour être, il importe d'abord de prendre en charge. Or, voici quelques heures à peine, j'étais aveugle. J'étais amer. Mais je juge plus clairement. De même que je refuse de me plaindre des autres Français, depuis que je me sens de France, de même je ne conçois plus que la France se plaigne du monde. Chacun est responsable de tous. La France était responsable du monde. La France eût pu offrir au monde la commune mesure qui l'eût uni. La France eût pu servir au monde de clef de voûte. Si la France avait eu saveur de France, rayonnement de France, le monde entier se fût fait résistance à travers la France. Je renie désormais mes reproches au monde. La France se devait de lui servir d'âme, s'il en manquait.

La France eût pu rallier à soi. Mon Groupe 2/33 s'est offert successivement comme volontaire pour la guerre de Norvège, puis de Finlande. Que représentaient la Norvège et la Finlande pour les soldats et les sous-officiers de chez moi? Il m'a toujours semblé qu'ils acceptaient, confusément, de mourir pour un certain goût des fêtes de Noël. Le sauvetage de cette saveur-là, dans le monde, leur semblait justifier le sacrifice de leur vie. Si nous avions été le Noël du monde, le monde se fût sauvé à travers nous.

La communauté spirituelle des hommes dans le monde n'a pas joué en notre faveur. Mais, en fondant cette communauté des hommes dans le monde, nous eussions sauvé le monde et nous-mêmes. Nous avons failli à cette tâche. Chacun est responsable de tous. Chacun est seul responsable. Chacun est seul responsable de tous. Je comprends pour la première fois l'un des mystères de la religion dont est sortie la civilisation que je revendique comme mienne : « Porter les péchés des hommes... » Et chacun porte tous les péchés de tous les hommes.

XXV

Qui voit là une doctrine de faible? Le chef est celui qui prend tout en charge. Il dit : J'ai été battu. Il ne dit pas : Mes soldats ont été battus. L'homme véritable parle ainsi. Hochedé dirait : Je suis responsable.

Je comprends le sens de l'humilité. Elle n'est pas dénigrement de soi. Elle est le principe même de l'action. Si, dans l'intention de m'absoudre, j'excuse mes malheurs par la fatalité, je me soumets à la fatalité. Si je les excuse par la trahison, je me soumets à la trahison. Mais si je prends la faute en charge, je revendique mon pouvoir d'homme. Je puis agir sur ce dont je suis. Je suis part constituante de la communauté des hommes.

Il est donc quelqu'un en moi que je combats pour me grandir. Il a fallu ce voyage difficile pour que je distingue ainsi en moi, tant bien que mal, l'individu que je combats de l'homme qui grandit. Je ne sais ce que vaut l'image qui me vient, mais je me dis : l'individu n'est qu'une route.

L'Homme qui l'emprunte compte seul.

Je ne puis plus me satisfaire par des vérités de polémique. A quoi bon accuser les individus. Ils ne sont que voies et passages. Je ne puis plus rendre compte du gel de mes mitrailleuses par des négligences de fonctionnaires, ni de l'absence des peuples amis par leur égoïsme. La défaite, certes, s'exprime par des faillites individuelles. Mais une civilisation pétrit les hommes. Si celle dont je me réclame est menacée par la défaillance des individus j'ai le droit de me demander pourquoi elle ne les a pas pétris autres.

Une civilisation, comme une religion, s'accuse elle-même si elle se plaint de la mollesse des fidèles. Elle se doit de les exalter. De même si elle se plaint de la haine des infidèles. Elle se doit de les convertir. Or, la mienne qui, autrefois, a fait ses preuves, qui a enflammé ses apôtres, brisé les violents, libéré des peuples d'esclaves, n'a plus su, aujourd'hui, ni exalter, ni convertir. Si je désire dégager la racine des causes diverses de ma défaite, si j'ai l'ambition de revivre, il me faut retrouver d'abord le ferment que j'ai perdu.

Car il est d'une civilisation comme il en est du blé. Le blé nourrit l'homme, mais l'homme à son tour sauve le blé dont il engrange la semence. La réserve de graines est respectée, de génération de blé en génération de blé, comme un héritage.

Il ne me suffit pas de connaître quel blé je désire pour qu'il lève. Si je veux sauver un type d'homme — et son pouvoir — je dois sauver aussi les principes qui le fondent.

Or, si j'ai conservé l'image de la civilisation que je revendique comme mienne, j'ai perdu les règles qui la transportaient. Je découvre ce soir que les mots dont j'usais ne touchaient plus l'essentiel. Je prêchais ainsi la Démocratie, sans soupçonner que j'énonçais par là, sur les qualités et le sort de l'homme, non plus un ensemble de règles, mais un ensemble de souhaits. Je souhaitais les hommes fraternels, libres et heureux. Bien sûr. Qui n'est d'accord? Je savais exposer « comment » doit être l'homme. — Et non « qui » il doit être.

Je parlais, sans préciser les mots, de la communauté des hommes. Comme si le climat auquel je faisais allusion n'était pas fruit d'une architecture particulière. Il me semblait évoquer une évidence naturelle. Il n'est point d'évidence naturelle. Une troupe fasciste, un marché d'esclaves sont, eux aussi, des communautés d'hommes.

Cette communauté des hommes, je ne l'habitais plus en architecte. Je bénéficiais de sa paix, de sa tolérance, de son bien-être. Je ne savais rien d'elle, sinon que j'y logeais. J'y logeais en sacristain, ou en chaisière. Donc en parasite. Donc en vaincu.

Ainsi sont les passagers du navire. Ils usent du navire sans rien lui donner. A l'abri de salons, qu'ils croient cadre absolu, ils poursuivent leurs jeux. Ils ignorent le travail des maîtres-couples sous la pesée éternelle de la mer. De quel droit se plaindront-ils, si la tempête démantibule leur navire?

Si les individus se sont abâtardis, si j'ai été vaincu, de quoi me plaindrais-je?

Il est une commune mesure aux qualités que je souhaite aux hommes de ma civilisation. Il est une clef de voûte à la communauté particulière qu'ils doivent fonder. Il est un principe dont tout est sorti autrefois, racines, tronc, branches et fruits. Quel est-il? Il était graine puissante dans le terreau des hommes. Il peut seul me faire vainqueur.

Il me semble comprendre beaucoup de choses dans mon étrange nuit de village. Le silence est d'une qualité extraordinaire. Le moindre bruit remplit l'espace tout entier, comme une cloche. Rien ne m'est étranger. Ni cette plainte de bétail, ni ce lointain appel, ni ce bruit d'une porte que l'on referme. Tout se passe comme en moi-même. Il me faut me hâter de saisir le sens d'un sentiment qui peut s'évanouir...

Je me dis : « C'est le tir d'Arras... » Le tir a brisé une écorce. Toute cette journée-ci j'ai sans doute préparé en moi la demeure. Je n'étais que gérant grincheux. C'est ça, l'individu. Mais l'Homme est apparu. Il s'est installé à ma place, tout simplement. Il a regardé la foule en vrac et il a vu un peuple. Son peuple. L'Homme, commune mesure de ce peuple et de moi. C'est pourquoi, courant vers le Groupe, il me semblait courir vers un grand feu. L'Homme regardait par mes yeux — l'Homme, commune mesure des camarades.

Est-ce un signe? Je suis si près de croire aux signes... Tout est, ce soir, entente tacite. Tout bruit m'atteint comme un message, limpide, à la fois, et obscur. J'écoute un pas tranquille remplir la nuit :

— Hé! Bonsoir, Capitaine...

— Bonsoir!

Je ne le connais pas. Ç'a été entre nous comme un « ohé » de bateliers, d'une barque à l'autre.

Encore une fois j'ai éprouvé le sentiment d'une parenté miraculeuse. L'Homme qui m'habite ce soir n'en finit pas de dénombrer les siens. L'Homme, commune mesure des peuples et des races...

Il rentrait, celui-là, avec sa provision de soucis, de pensées et d'images. Avec sa cargaison à lui, fermée en lui. J'aurais pu l'aborder et lui parler. Sur la blancheur d'un chemin de village nous aurions échangé quelques-uns de nos souvenirs. Ainsi les marchands échangent des trésors, s'ils se croisent, retour des îles.

Dans ma civilisation, celui qui diffère de moi, loin de me léser, m'enrichit. Notre unité, au-dessus de nous, se fonde en l'Homme. Ainsi nos discussions du soir, au Groupe 2/33, loin de nuire à notre fraternité, l'épaulent, car nul ne souhaite entendre son propre écho, ni se regarder dans un miroir.

En l'Homme se retrouvent, de même, les Français de France et les Norvégiens de Norvège. L'Homme les noue dans son unité, en même temps qu'il exalte sans se contredire leurs coutumes particulières. L'arbre aussi s'exprime par des branches qui ne ressemblent pas aux racines. Si donc, là-bas, on écrit des contes sur la neige, si l'on cultive des tulipes en Hollande, si l'on improvise des flamencos en Espagne, nous en sommes tous enrichis en l'Homme. C'est peut-être pourquoi nous avons souhaité, nous du Groupe, combattre pour la Norvège..

Et voici qu'il me semble parvenir au terme d'un long pèlerinage. Je ne découvre rien, mais, comme au sortir du sommeil, je revois simplement ce que je ne regardais plus.

Ma civilisation repose sur le culte de l'Homme au travers des individus. Elle a cherché, des siècles durant, à montrer l'Homme, comme elle eût enseigné à distinguer une cathédrale au travers des pierres. Elle a prêché cet Homme qui dominait l'individu...

Car l'Homme de ma civilisation ne se définit pas à partir des hommes. Ce sont les hommes qui se définissent par lui. Il est en lui, comme en tout Être, quelque chose que n'expliquent pas les matériaux qui le composent. Une cathédrale est bien autre chose qu'une somme de pierres. Elle est géométrie et architecture. Ce ne sont pas les pierres qui la définissent, c'est elle qui enrichit les pierres de sa propre signification. Ces pierres sont ennoblies d'être pierres d'une cathédrale. Les pierres les plus diverses servent son unité. La cathédrale absorbe jusqu'aux gargouilles les plus grimaçantes, dans son cantique.

Mais, peu à peu, j'ai oublié ma vérité. J'ai cru que l'Homme résumait les hommes, comme la Pierre résume les pierres. J'ai confondu cathédrale et somme de pierres et, peu à peu, l'héritage s'est évanoui. Il faut restaurer l'Homme. C'est lui l'essence de ma culture. C'est lui la clef de ma Communauté. C'est lui le principe de ma victoire.

XXVI

Il est aisé de fonder l'ordre d'une société sur la soumission de chacun à des règles fixes. Il est aisé de façonner un homme aveugle qui subisse, sans protester, un maître ou un Coran. Mais la réussite est autrement haute qui consiste, pour délivrer l'homme, à le faire régner sur soi-même.

Mais qu'est-ce que délivrer? Si je délivre, dans un désert, un homme qui n'éprouve rien, que signifie sa liberté? Il n'est de liberté que de « quelqu'un » qui va quelque part. Délivrer cet homme serait lui enseigner la soif, et tracer une route vers un puits. Alors seulement se proposeraient à lui des démarches qui ne manqueraient plus de signification. Délivrer une pierre ne signifie rien s'il n'est point de pesanteur. Car la pierre, une fois libre, n'ira nulle part.

Or ma civilisation a cherché à fonder les relations humaines sur le culte de l'Homme au-delà de l'individu, afin que le comportement de chacun vis-à-vis de soi-même ou d'autrui ne soit plus conformisme aveugle aux usages de la termitière, mais libre exercice de l'amour.

La route invisible de la pesanteur délivre la pierre. Les pentes invisibles de l'amour délivrent l'homme. Ma civilisation a cherché à faire de chaque homme l'Ambassadeur d'un même prince. Elle a considéré l'individu comme chemin ou message de plus grand que lui-même, elle a offert à la liberté de son ascension des directions aimantées.

Je connais bien l'origine de ce champ de forces. Durant des siècles ma civilisation a contemplé Dieu à travers les hommes. L'homme était créé à l'image de Dieu. On respectait Dieu en l'homme. Les hommes étaient frères en Dieu. Ce reflet de Dieu conférait une dignité inaliénable à chaque homme. Les relations de l'homme avec Dieu fondaient avec évidence les devoirs de chacun vis-à-vis de soi-même ou d'autrui.

Ma civilisation est héritière des valeurs chrétiennes. Je réfléchirai sur la construction de la cathédrale, afin de mieux comprendre son architecture.

La contemplation de Dieu fondait les hommes égaux, parce qu'égaux en Dieu. Et cette égalité avait une signification claire. Car on ne peut être égal qu'en quelque chose. Le soldat et le capitaine sont égaux en la nation. L'égalité n'est plus qu'un mot vide de sens s'il n'est rien en quoi nouer cette égalité.

Je comprends clairement pourquoi cette égalité, qui était l'égalité des droits de Dieu au travers des individus, interdisait de limiter l'ascension d'un individu : Dieu pouvait décider de le prendre pour route. Mais, comme il s'agissait aussi de l'égalité des droits de Dieu « sur » les individus, je comprends pourquoi les individus, quels qu'ils fussent, étaient soumis aux mêmes devoirs et au même respect des lois. Exprimant Dieu, ils étaient égaux dans leurs droits. Servant Dieu, ils étaient égaux dans leurs devoirs.

Je comprends pourquoi une égalité établie en Dieu n'entraînait ni contradiction, ni désordre. La démagogie s'introduit quand, faute de commune mesure, le principe d'égalité s'abâtardit en principe d'identité. Alors le soldat refuse le salut au capitaine, car le soldat, en saluant le capitaine, honorerait un individu, et non la Nation.

Ma civilisation, héritant de Dieu, a fait les hommes égaux en l'Homme.

Je comprends l'origine du respect des hommes les uns pour les autres. Le savant devait le respect au soutier lui-même, car à travers le soutier il respectait Dieu, dont le soutier était aussi l'Ambassadeur. Quelles que fussent la valeur de l'un et la médiocrité de l'autre, aucun homme ne pouvait prétendre en réduire un autre en esclavage. On n'humilie pas un Ambassadeur. Mais ce respect de l'homme n'entraînait pas la prosternation dégradante devant la médiocrité de l'individu, devant la bêtise ou l'ignorance, puisque d'abord était honorée cette qualité d'Ambassadeur de Dieu. Ainsi l'amour de Dieu fondait-il, entre hommes, des relations nobles, les affaires se traitant d'Ambassadeur à Ambassadeur, au-dessus de la qualité des individus.

Ma civilisation, héritant de Dieu, a fondé le respect de l'homme au travers des individus.

Je comprends l'origine de la fraternité des hommes. Les hommes étaient frères en Dieu. On ne peut être frère qu'en quelque chose. S'il n'est point de nœud qui les unisse, les hommes sont juxtaposés et non liés. On ne peut être frère tout court. Mes camarades et moi sommes frères « en » le Groupe 2/33. Les Français « en » la France.

Ma civilisation, héritant de Dieu, a fait les hommes frères en l'Homme.

Je comprends la signification des devoirs de charité qui m'étaient prêchés. La charité servait Dieu au travers de l'individu. Elle était due à Dieu, quelle que fût la médiocrité de l'individu. Cette charité n'humiliait pas le bénéficiaire, ni ne le ligotait par les chaînes de la gratitude, puisque ce n'est pas à lui, mais à Dieu, que le don était adressé. L'exercice de cette charité, par contre, n'était jamais hommage rendu à la médiocrité, à la bêtise ou à l'ignorance. Le médecin se devait d'engager sa vie dans les soins au pestiféré le plus vulgaire. Il servait Dieu. Il n'était pas diminué par la nuit blanche passée au chevet d'un voleur.

Ma civilisation, héritière de Dieu, a fait ainsi de la charité, don à l'Homme au travers de l'individu.

Je comprends la signification profonde de l'Humilité exigée de l'individu. Elle ne l'abaissait point. Elle l'élevait. Elle l'éclairait sur son rôle d'Ambassadeur. De même qu'elle l'obligeait de respecter Dieu à travers autrui, elle l'obligeait de le respecter en soi-même, de se faire messager de Dieu, en route pour Dieu. Elle lui imposait de s'oublier pour se grandir, car si l'individu s'exalte sur sa propre importance, la route aussitôt se change en mur.

Ma civilisation, héritière de Dieu, a prêché aussi le respect de soi, c'est-à-dire le respect de l'Homme à travers soi-même.

Je comprends, enfin, pourquoi l'amour de Dieu a établi les hommes responsables les uns des autres et leur a imposé l'Espérance comme une vertu. Puisque, de chacun d'eux, elle faisait l'Ambassadeur du même Dieu, dans les mains de chacun reposait le salut de tous. Nul n'avait le droit de désespérer, puisque messager de plus grand que soi. Le désespoir était reniement de Dieu en soi-même. Le devoir d'Espérance eût pu se traduire par : « Tu te crois donc si important? Quelle fatuité dans ton désespoir! »

Ma civilisation, héritière de Dieu, a fait chacun responsable de tous les hommes, et tous les hommes responsables de chacun. Un individu doit se sacrifier au sauvetage d'une collectivité, mais il ne s'agit point ici d'une arithmétique imbécile. Il s'agit du respect de l'Homme au travers de l'individu. La grandeur, en effet, de ma civilisation, c'est que cent mineurs s'y doivent de risquer leur vie pour le sauvetage d'un seul mineur enseveli. Ils sauvent l'Homme.

Je comprends clairement, à cette lumière, la signification de la liberté. Elle est liberté d'une croissance d'arbre dans le champ de force de sa graine. Elle est climat de l'ascension de l'Homme. Elle est semblable à un vent favorable. Par la grâce du vent seul, les voiliers sont libres, en mer.

Un homme ainsi bâti disposerait du pouvoir de l'arbre. Quel espace ne couvrirait-il pas de ses racines! Quelle pâte humaine n'absorberait-il pas, pour l'épanouir dans le soleil!

XXVII

Mais j'ai tout gâché. J'ai dilapidé l'héritage. J'ai laissé pourrir la notion d'Homme.

Pour sauver ce culte d'un Prince contemplé au travers des individus, et la haute qualité des relations humaines que fondait ce culte, ma civilisation cependant avait dépensé une énergie et un génie considérables. Tous les efforts de l' « Humanisme » n'ont tendu que vers ce but. L'Humanisme s'est donné pour mission exclusive d'éclairer et de perpétuer la primauté de l'Homme sur l'individu. L'Humanisme a prêché l'Homme.

Mais quand il s'agit de parler sur l'Homme, le langage devient incommode. L'Homme se distingue des hommes. On ne dit rien d'essentiel sur la cathédrale, si l'on ne parle que des pierres. On ne dit rien d'essentiel sur l'Homme, si l'on cherche à le définir par des qualités d'homme. L'Humanisme a ainsi travaillé dans une direction barrée d'avance. Il a cherché à saisir la notion d'Homme par une argumentation logique et morale, et à le transporter ainsi dans les consciences.

Aucune explication verbale ne remplace jamais la contemplation. L'unité de l'Être n'est pas transportable par les mots. Si je désirais enseigner à des hommes, dont la civilisation l'ignorerait, l'amour d'une patrie ou d'un domaine, je ne disposerais d'aucun argument pour les émouvoir. Ce sont des champs, des pâturages et du bétail qui composent un domaine. Chacun, et tous ensemble, ils ont pour rôle d'enrichir. Il est cependant, dans le domaine, quelque chose qui échappe à l'analyse des matériaux, puisqu'il est des propriétaires qui, par amour de leur domaine, se ruineraient pour le sauver. C'est, bien au contraire, ce « quelque chose » qui ennoblit d'une qualité particulière les matériaux. Ils deviennent bétail d'un domaine, prairies d'un domaine, champs d'un domaine...

Ainsi devient-on l'homme d'une patrie, d'un métier, d'une civilisation, d'une religion. Mais pour se réclamer de tels Êtres, il convient, d'abord, de les fonder en soi. Et, là où n'existe pas le sentiment de la patrie, aucun langage ne le transportera. On ne fonde en soi l'Être dont on se réclame que par des actes. Un Être n'est pas de l'empire du langage, mais de celui des actes. Notre Humanisme a négligé les actes. Il a échoué dans sa tentative.

L'acte essentiel ici a reçu un nom. C'est le sacrifice.

Sacrifice ne signifie ni amputation, ni pénitence. Il est essentiellement un acte. Il est un don de soi-même à l'Être dont on prétendra se réclamer. Celui-là seul comprendra ce qu'est un domaine, qui lui aura sacrifié une part de soi, qui aura lutté pour le sauver, et peiné pour l'embellir. Alors lui viendra l'amour du domaine. Un domaine n'est pas la somme des intérêts, là est l'erreur. Il est la somme des dons.

Tant que ma civilisation s'est appuyée sur Dieu, elle a sauvé cette notion du sacrifice qui fondait Dieu dans le cœur de l'homme. L'Humanisme a négligé le rôle essentiel du sacrifice. Il a prétendu transporter l'Homme par les mots et non par les actes.

Il ne disposait plus, pour sauver la vision de l'Homme à travers les hommes, que de ce même mot embelli par une majuscule. Nous risquions de glisser sur une pente dangereuse et de confondre, un jour, l'Homme avec le symbole de la moyenne ou de l'ensemble des hommes. Nous risquions de confondre notre cathédrale avec la somme des pierres.

Et, peu à peu, nous avons perdu l'héritage.

En place d'affirmer les droits de l'Homme au travers des individus, nous avons commencé de parler des droits de la Collectivité. Nous avons vu s'introduire insensiblement une morale du Collectif qui néglige l'Homme. Cette morale expliquera clairement pourquoi l'individu se doit de se sacrifier à la Communauté. Elle n'expliquera plus, sans artifices de langage, pourquoi une Communauté se doit de se sacrifier pour un seul homme. Pourquoi il est équitable que mille meurent pour délivrer un seul de la prison de l'injustice. Nous nous en souvenons encore, mais nous l'oublions peu à peu. Et cependant c'est dans ce principe, qui nous distingue si clairement de la termitière, que réside, avant tout, notre grandeur.

Nous avons glissé — faute d'une méthode efficace — de l'Humanité, qui reposait sur l'Homme — vers cette termitière, qui repose sur la somme des individus.

Qu'avions-nous à opposer aux religions de l'État ou de la Masse? Qu'était devenue notre grande image de l'Homme né de Dieu? C'est à peine si elle se reconnaissait encore, à travers un vocabulaire qui s'était vidé de sa substance.

Peu à peu, oubliant l'Homme, nous avons borné notre morale aux problèmes de l'individu. Nous avons exigé de chacun qu'il ne lésât pas l'autre individu. De chaque pierre qu'elle ne lésât pas l'autre pierre. Et certes elles ne se lèsent pas l'une l'autre quand elles sont en vrac dans un champ. Mais elles lèsent la cathédrale qu'elles eussent fondée, et qui eût fondé en retour leur propre signification.

Nous avons continué de prêcher l'égalité des hommes. Mais, ayant oublié l'Homme, nous n'avons plus rien compris de ce dont nous parlions. Faute de savoir en quoi fonder l'Égalité nous en avons fait une affirmation vague, dont nous n'avons plus su nous servir. Comment définir l'Égalité, sur le plan des individus, entre le sage et la brute, l'imbécile et le génie? L'égalité, sur le plan des matériaux, exige, si nous prétendons définir et réaliser, qu'ils occupent tous une place identique, et jouent le même rôle. Ce qui est absurde. Le principe d'Égalité s'abâtardit, alors, en principe d'Identité.

Nous avons continué de prêcher la Liberté de l'Homme. Mais, ayant oublié l'Homme, nous avons défini notre Liberté comme une licence vague, exclusivement limitée par le tort causé à autrui. Ce qui est vide de signification, car il n'est point d'acte qui n'engage autrui. Si je me mutile, étant soldat, on me fusille. Il n'est point d'individu seul. Qui s'en retranche, lèse une communauté. Qui est triste, attriste les autres.

De notre droit à une liberté ainsi comprise, nous n'avons plus su nous servir sans contradictions insurmontables. Faute de savoir définir dans quel cas notre droit était valable, et dans quel cas il ne l'était plus, nous avons hypocritement fermé les yeux, afin de sauver un principe obscur, sur les entraves innombrables que toute société, nécessairement, apportait à nos libertés.

Quant à la Charité, nous n'avons même plus osé la prêcher. En effet, autrefois, le sacrifice qui fonde les Êtres prenait le nom de Charité quand il honorait Dieu à travers son image humaine. A travers l'individu nous donnions à Dieu, ou à l'Homme. Mais, oubliant Dieu ou l'Homme, nous ne donnions plus qu'à l'individu. Dès lors, la Charité prenait souvent figure de démarche inacceptable. C'est la Société, et non l'humeur individuelle, qui se doit d'assurer l'équité dans le partage des provisions. La dignité de l'individu exige qu'il ne soit point réduit en vassalité par les largesses d'un autre. Il serait paradoxal de voir les possédants revendiquer, outre la possession de leurs biens, la gratitude des non-possédants.

Mais, par-dessus tout, notre charité mal comprise se retournait contre son but. Exclusivement fondée sur les mouvements de pitié à l'égard des individus, elle nous eût interdit tout châtiment éducateur. Alors que la Charité véritable, étant exercice d'un culte rendu à l'Homme, au-delà de l'individu, imposait de combattre l'individu pour y grandir l'Homme.

Nous avons, ainsi, perdu l'Homme. Et, perdant l'Homme, nous avons vidé de chaleur cette fraternité elle-même que notre civilisation nous prêchait — puisqu'on est frère en quelque chose et non frère tout court. Le partage n'assure pas la fraternité. Elle se noue dans le seul sacrifice. Elle se noue dans le don commun à plus vaste que soi. Mais, confondant avec un amoindrissement stérile cette racine de toute existence véritable, nous avons réduit notre fraternité à ne plus être qu'une tolérance mutuelle.

Nous avons cessé de donner. Or si je prétends ne donner qu'à moi-même je ne reçois rien, car je ne bâtis rien dont je sois, et donc ne suis rien. Si l'on vient ensuite exiger de moi que je meure pour des intérêts, je refuserai de mourir. L'intérêt d'abord commande de vivre. Quel est l'élan d'amour qui paierait ma mort? On meurt pour une maison. Non pour des objets et des murs. On meurt pour une cathédrale. Non pour des pierres. On meurt pour un peuple. Non pour une foule. On meurt par amour de l'Homme, s'il est clef de voûte d'une Communauté. On meurt pour cela seul dont on peut vivre.

Notre vocabulaire semblait presque intact, mais nos morts, qui s'étaient vidés de substance réelle, nous conduisaient, si nous prétendions en user, vers des contradictions sans issue. Nous en étions réduits à fermer les yeux sur ces litiges. Nous en étions réduits, faute de savoir bâtir, à laisser les pierres en vrac dans le champ, et à parler de la Collectivité, avec prudence, sans bien oser préciser ce dont nous parlions, car en effet nous ne parlions de rien. Collectivité est mot vide de signification tant que la Collectivité ne se noue pas en quelque chose. Une somme n'est pas un Être.

Si notre Société pouvait encore paraître souhaitable, si l'Homme y conservait quelque prestige, c'est dans la mesure où la civilisation véritable, que nous trahissions par notre ignorance, prolongeait encore sur nous son rayonnement condamné, et nous sauvait, malgré nous-mêmes.

Comment nos adversaires auraient-ils compris ce que nous ne comprenions plus? Ils n'ont vu de nous que ces pierres en vrac. Ils ont tenté de rendre un sens à une Collectivité que nous ne savions plus définir, faute de nous souvenir de l'Homme.

Les uns sont allés, du premier coup, allégrement, jusqu'aux conclusions les plus extrêmes de la logique. De cette collection ils ont fait une collection absolue. Les pierres doivent être identiques aux pierres. Et chaque pierre règne seule sur soi-même. L'anarchie se souvient du culte de l'Homme mais l'applique, avec rigueur, à l'individu. Et les contradictions qui naissent de cette rigueur sont pires que les nôtres.

D'autres ont rassemblé ces pierres répandues en vrac dans le champ. Ils ont prêché les droits de la Masse. La formule ne satisfait guère. Car s'il est, certes, intolérable qu'un seul homme tyrannise une Masse — il est tout aussi intolérable que la Masse écrase un seul homme.

D'autres se sont emparés de ces pierres sans pouvoir et, de cette somme, ont fait un État. Un tel État ne transcende pas non plus les hommes. Il est également l'expression d'une somme. Il est pouvoir de la Collectivité déléguée aux mains d'un individu. Il est règne d'une pierre, laquelle prétend s'identifier aux autres, sur l'ensemble des pierres. Cet État prêche clairement une morale du Collectif que nous refusons encore, mais vers laquelle nous nous acheminons, nous-mêmes, lentement, faute de nous souvenir de l'Homme qui, seul, justifierait notre refus.

Ces fidèles de la nouvelle religion s'opposeront à ce que plusieurs mineurs risquent leur vie pour le sauvetage d'un seul mineur enseveli. Car le tas de pierres, alors, est lésé. Ils achèveront le grand blessé, s'il alourdit l'avance d'une armée. Le bien de la Communauté, ils l'étudieront dans l'arithmétique — et l'arithmétique les gouvernera. Ils y perdront de se transcender en plus grand qu'eux-mêmes. Ils haïront, en conséquence, ce qui diffère d'eux, puisqu'ils ne disposeront de rien, au-dessus de soi, en quoi se confondre. Toute coutume, toute race, toute pensée étrangère leur deviendra nécessairement un affront. Ils ne disposeront point du pouvoir d'absorber, car pour convertir l'Homme en soi, il convient, non de l'amputer, mais de l'exprimer à lui-même, d'offrir un but à ses aspirations et un territoire à ses énergies. Convertir, c'est toujours délivrer. La cathédrale peut absorber les pierres, qui y prennent un sens. Mais le tas de pierres n'absorbe rien et, faute d'être en mesure d'absorber, il écrase. Ainsi en est-il — mais à qui la faute?

Je ne m'étonne plus de ce que le tas de pierres, qui pèse lourd, l'ait emporté sur les pierres en vrac.

Cependant c'est moi qui suis le plus fort.

Je suis le plus fort si je me retrouve. Si notre Humanisme restaure l'Homme. Si nous savons fonder notre Communauté, et si, pour la fonder, nous usons du seul instrument qui soit efficace : le sacrifice. Notre Communauté, telle que notre civilisation l'avait bâtie, n'était pas, elle non plus, somme de nos intérêts — elle était somme de nos dons.

Je suis le plus fort, parce que l'arbre est plus fort que les matériaux du sol. Il les draine à lui. Il les change en arbre. La cathédrale est plus rayonnante que le tas de pierres. Je suis le plus fort parce que ma civilisation a seule pouvoir de nouer dans son unité, sans les amputer, les diversités particulières. Elle vivifie la source de sa force, en même temps qu'elle s'y abreuve.

J'ai prétendu à l'heure du départ recevoir avant de donner. Ma prétention était vaine. Il en était ici comme de la triste leçon de grammaire. Il faut donner avant de recevoir — et bâtir avant d'habiter.

J'ai fondé mon amour pour les miens par ce don du sang, comme la mère fonde le sien par le don du lait. Là est le mystère. Il faut commencer par le sacrifice, pour fonder l'amour. L'amour, ensuite, peut solliciter d'autres sacrifices, et les employer à toutes les victoires. L'homme doit toujours faire les premiers pas. Il doit naître avant d'exister.

Je suis revenu de mission ayant fondé ma parenté avec la petite fermière. Son sourire m'a été transparent et, à travers lui, j'ai vu mon village. A travers mon village, mon pays. A travers mon pays, les autres pays. Car je suis d'une civilisation qui a choisi l'Homme pour clef de voûte. Je suis du Groupe 2/33 qui souhaitait combattre pour la Norvège.

Il se peut qu'Alias, demain, me désigne pour une autre mission. Je me suis habillé, aujourd'hui, pour le service d'un dieu à l'égard duquel j'étais aveugle. Le tir d'Arras a brisé l'écorce et j'ai vu. Tous ceux de chez moi ont vu de même. Si donc je décolle à l'aube, je connaîtrai ce pourquoi je combats encore.

Mais je désire me souvenir de ce que j'ai vu. J'ai besoin d'un Credo simple pour me souvenir.

Je combattrai pour la primauté de l'Homme sur l'individu — comme de l'universel sur le particulier.

Je crois que le culte de l'Universel exalte et noue les richesses particulières — et fonde le seul ordre véritable, lequel est celui de la vie. Un arbre est en ordre, malgré ses racines qui diffèrent des branches.

Je crois que le culte du particulier n'entraîne que la mort — car il fonde l'ordre sur la ressemblance. Il confond l'unité de l'Être avec l'identité de ses parties. Et il dévaste la cathédrale pour aligner les pierres. Je combattrai donc quiconque prétendra imposer une coutume particulière aux autres coutumes, un peuple particulier aux autres peuples, une race particulière aux autres races, une pensée particulière aux autres pensées.

Je crois que la primauté de l'Homme fonde la seule Égalité et la seule Liberté qui aient une signification. Je crois en l'égalité des droits de l'Homme à travers chaque individu. Et je crois que la Liberté est celle de l'ascension de l'Homme. Égalité n'est pas Identité. La Liberté n'est pas l'exaltation de l'individu contre l'Homme. Je combattrai quiconque prétendra asservir à un individu — comme à une masse d'individus — la liberté de l'Homme.

Je crois que ma civilisation dénomme Charité le sacrifice consenti à l'Homme, afin d'établir son règne. La charité est don à l'Homme, à travers la médiocrité de l'individu. Elle fonde l'Homme. Je combattrai quiconque, prétendant que ma charité honore la médiocrité, reniera l'Homme et, ainsi, emprisonnera l'individu dans une médiocrité définitive.

Je combattrai pour l'Homme. Contre ses ennemis. Mais aussi contre moi-même.

XXVIII

J'ai rejoint les camarades. Nous devions nous retrouver tous vers minuit pour prendre des ordres. Le Groupe 2/33 a sommeil. La flamme du grand feu s'est changée en braise. Le Groupe paraît tenir encore, mais ce n'est là qu'une illusion. Hochedé interroge tristement son fameux chronomètre. Pénicot, dans un angle, la nuque contre le mur, ferme les yeux. Gavoille, assis sur une table, le regard vague et les jambes pendantes, fait la moue comme un enfant près de pleurer. Azambre vacille sur un livre. Le commandant, seul alerte, mais pâle à faire peur, papiers en main sous une lampe, discute à voix basse avec Geley. « Discute », d'ailleurs, n'est qu'une image. Le commandant parle. Geley hoche la tête et dit : « Oui, bien sûr. » Geley se cramponne à son « Oui, bien sûr. » Il adhère de plus en plus étroitement aux énoncés du commandant, comme l'homme qui se noie au cou du nageur. Si j'étais Alias je dirais, sans changer de ton : « Capitaine Geley... vous serez fusillé à l'aube... » Et j'attendrais la réponse.

Le Groupe n'a pas dormi depuis trois jours, et tient debout comme un château de cartes.

Le commandant se lève, va à Lacordaire, et le tire d'un rêve, où Lacordaire, peut-être, l'emportait sur moi aux échecs :

— Lacordaire... vous partirez au petit jour. Mission rase-mottes.

— Bien, mon Commandant.

— Vous devriez dormir...

— Oui, mon Commandant.

Lacordaire se rassoit. Le commandant, qui sort, entraîne Geley dans son sillage, comme il tirerait un poisson mort au bout d'une ligne. Voilà sans doute, non trois jours, mais une semaine que Geley ne s'est pas couché. Ainsi qu'Alias, non seulement il a piloté ses missions de guerre, mais il a porté sur les épaules la responsabilité du Groupe. La résistance humaine a des limites. Celles de Geley sont franchies. Les voilà, cependant, qui partent tous deux, le nageur et son noyé, à la poursuite d'ordres fantômes.

Vezin, soupçonneux, est venu à moi. Vezin qui, lui-même, dort debout, comme un somnambule :

— Tu dors?

— Je...

J'ai appuyé ma nuque contre le dossier d'un fauteuil, car j'ai découvert un fauteuil. Moi aussi je m'endormais, mais la voix de Vezin me tourmente :

— Ça finira mal!

Ça finira mal.. Interdiction *a priori*... Finira mal...

— Tu dors?

— Je... non... qu'est-ce qui finira mal?

— La guerre.

Ça, c'est neuf! Je me renfonce dans mon sommeil. Je réponds vaguement :

— ... quelle guerre?

— Comment : « Quelle guerre! »

Cette conversation n'ira pas loin. Ah! Paula, s'il était pour les Groupes aériens des gouvernantes tyroliennes, le Groupe 2/33 tout entier serait au lit depuis longtemps!

Le commandant pousse la porte en coup de vent :

— C'est décidé. On déménage.

Derrière lui se tient Geley, bien réveillé. Il remettra à demain ses « oui, bien sûr ». Il empruntera pour d'épuisantes corvées, cette nuit encore, sur des réserves qu'il s'ignorait lui-même.

Nous, on se lève. On dit : « Ah... bon... » Que dirions-nous?

Nous ne dirons rien. Nous assurerons le déménagement. Lacordaire seul attendra l'aube pour décoller, afin de remplir sa mission. Il rejoindra directement, s'il en revient, la nouvelle base.

Demain, nous ne dirons rien non plus. Demain, pour les témoins, nous serons des vaincus. Les vaincus doivent se taire. Comme les graines.

DU MÊME AUTEUR

Aux Éditions Gallimard

COURRIER SUD, *roman.*

VOL DE NUIT, *roman.*

TERRE DES HOMMES, *récit.*

PILOTE DE GUERRE, *récit.*

LETTRE À UN OTAGE, *essai.*

LE PETIT PRINCE, *récit, illustré par l'auteur.*

CITADELLE, *essai.*

LETTRES DE JEUNESSE.

CARNETS.

LETTRES À SA MÈRE, *Édition revue et augmentée en 1984.*

UN SENS À LA VIE, *essai.*

PAGES CHOISIES.

LETTRES DE JEUNESSE À L'AMIE INVENTÉE.

ÉCRITS DE GUERRE 1939-1944.

Cahiers SAINT-EXUPÉRY

CAHIERS I.

CAHIERS II.

CAHIERS III.

Bibliothèque de la Pléiade

ŒUVRES.

Impression Bussière Camedan Imprimeries
à Saint-Amand (Cher),
le 4 avril 1997.
Dépôt légal : avril 1997.
1er dépôt légal dans la collection : septembre 1976.
Numéro d'imprimeur : 1/1038.
ISBN 2-07-036824-6./Imprimé en France.

81609